히아킨토스

히아킨토스

ⓒ 박애진 2024

초판 1쇄   2024년   3월 25일

지은이   박애진

출판책임	박성규	펴낸이	이정원
편집주간	선우미정	펴낸곳	도서출판 들녘
기획이사	이지윤	등록일자	1987년 12월 12일
편집진행	이동하	등록번호	10-156
디자인진행	하민우	주소	경기도 파주시 회동길 198
편집	이수연·김혜민	전화	031-955-7374 (대표)
디자인	고유단		031-955-7384 (편집)
마케팅	전병우	팩스	031-955-7393
경영지원	김은주·나수정	이메일	dulnyouk@dulnyouk.co.kr
제작관리	구법모		
물류관리	엄철용		

ISBN   979-11-5925-846-6 (04810)

          979-11-5925-708-7 (세트)

고블은 도서출판 들녘의 장르문학 브랜드입니다.
값은 뒤표지에 있습니다. 잘못된 책은 구입하신 곳에서 바꿔드립니다.

본 저작물은 그린북 에이전시(grb@grb-agency.com)에서 저작권을 관리하고 있습니다.

히아킨토스

박애진

goble

목차

각종 가십이 존재 이유 그 자체라 할 수 있는 유르베 귀족 사교계에 전례가 없을 만큼 소란스러운 일이 생겼으니 바로 왕실 근위병 훈련대장 제로델 마르가 아비게일 가드 공작을 추행한 죄목으로 체포되어 프뤼에 수감된 일이었다. 프뤼는 무기징역 이상의 중범죄자를 가두는 곳으로, 투옥된 이의 5할이 3년 이내에 사망한다는 설정으로 만들어진 감옥이자 행성 개척시대 이전 수감 시설 박물관이었다. 지상 3층, 지하 5층으로 관람객을 고려해 환기 시설은 갖추었으나 모든 감방에 태양광은 일절 들어오지 않는 열악한 시설로 구현했다. 약 200년 전 지어진 이래 진짜 범죄자로 수감된 이는 제로델이 유일했다.

그를 제외하고는 단순한 움직임을 반복하는 전시용 수 감자 모형 로봇이었다.

저택에 근위병 로봇들이 들이닥치자 제로델은 순순히 따라가겠으니 부디 병약한 노모가 놀라지 않도록 조용히 해달라고 정중하게 요청했으나 묵살되었다. 그는 실내복 바람으로 뛰쳐나온 어머니와 말 한마디 나눌 틈도 없이 끌려갔다. 직후 응급 알람이 울렸다. 제로델의 어머니 에레나 마르는 의사의 빠른 조치 덕에 목숨은 구했지만 급속도로 기력을 잃고 연명장치의 도움을 받아 하루하루 숨만 이어갔다.

제로델을 본 사람들은 누구나 그의 외모에 강한 인상을 받았다. 그는 미남자였다. 177센티미터의 키에, 이마는 지적이었고, 뺨은 부드러운 호를 그렸다. 짙은 다갈색 피부에 깊이 파인 남청색 눈은 은은한 빛을 발했고 적절한 크기의 코는 얼굴을 뚜렷하게 살려 주었으며 신이 내린 손을 가진 조각가가 영혼을 바쳐 만들어낸 듯한 입술은 석류빛으로 늘 촉촉해 보였다.

궁정 귀부인들 모두 한 번쯤은 그가 그 매혹적인 입술을 귓가에 가져와 낮으면서 부드러운 목소리로 "언제 조용한 곳에서 만나 뵙고 싶습니다."라는 말을 속삭여주길 바랐다. 그는 많은 귀부인의 바람을 충족시켜 주었다. 그랬으니 만큼 그가 체포되고 프뤼에 수감된 일은 귀부인들의 빗발치는 항의를 불러일으켰다.

사법대신 케슬러는 날마다 쏟아지는 항의 편지 수백 통에 진땀을 빼고 있었다. 그녀의 자택까지 찾아와 따지고 간 부인들도 부지기수였다. 결국 부인들의 닦달을 견디다 못한 케슬러는 제로델을 체포한 지 사흘 만에 프뤼에서 귀족들만 수감되는 설정으로 만든 마시밀로 옮겼다. 마시밀은 지상 5층, 지하 10층으로 지어진 감옥이었다. 프뤼 못지 않게 열악한 감방도 있으나 인도적인 곳은 지하 감방에도 인공 태양광을 설치했다. 또한 행성 개척 시대 이후 수감 시설 박물관으로 진짜 죄수를 가두기 위해서 사용된 바 없기는 마찬가지였다.

제로델이 마시밀의 인도적 감방으로 옮겨진 뒤 에레

나 마르의 유일한 도제 뮈세가 그를 면회했다. 뮈세는 의사와 입주 간호사가 어머니를 잘 보살피고 있으니 아무 걱정하지 말라고 했지만 서로 그것이 단지 인사치례임을 알고 있었다. 안 그래도 부쩍 노쇠해졌던 에레나 마르가 건강을 회복하기는 요원해 보였다. 제로델은 어머니에게 쓴 편지를 전해달라고 부탁했다.

케슬러가 카이유와 추기경을 오후 티타임에 초대한 것은 제로델이 마시밀로 옮겨진 지 일주일 후였다. 카이유와는 초췌한 케슬러의 모습에 놀랐지만 온갖 종류의 고해성사를 듣고 많은 일을 겪은 숙련자답게 말없이 차를 음미했다.

"시가 어떠십니까?"

"좋지요."

케슬러의 제안에 따라 두 사람은 끽연실로 자리를 옮겼다. 케슬러는 카이유와에게 최근에 구입한 고급 시가를 한 대 권했다. 근면과 검소함을 미덕으로 여기는 카이유와도 시가의 유혹에서만은 자유롭지 못했다. 그는 흔쾌히 시가를 받았다. 그리고 기다렸다. 그는 이야기를 듣기 위해서는 기다려야 한다는 걸 역시 오랜 경험을 통해 잘 알고 있었다.

끽연실 벽에는 행성 카타이에서 들여온 이색적인 정취가 그려진 비단이 걸려 있었다. 두툼한 마호가니 책상 위에 놓인 재떨이에 새겨진 문양도 머리카락을 발목까지 늘어뜨리고 얇은 사각 모자를 쓴 노인이었다. 듣던 대로 케슬러의 취향은 유별났다. 하지만 무엇보다 그의 눈길을 끈 것은 책상을 덮고도 모자라 바닥에까지 수북이 쌓여 있는 수많은 편지였다. 편지에서는 독한 시가 냄새로도 가릴 수 없는 강한 향기가 뿜어져 나왔다. 굳이 향수 냄새가 아니더라도 봉투의 색이나 무늬로 미루어보아 부인들이 보낸 편지라는 점을 쉽게 알 수 있었다. 유르베는 종이 서한을 즐겨 쓰는 몇 안 되는 행성 중 하나였다. 낭만이 있으며, 해킹과 위조가 어렵고, 눈에 보이는 부피와 중량으로 인해 항의에 무게가 실렸다.

카이유와는 케슬러가 바라는 대로 충분히 편지를 관

찰하고 나서 그가 기다리는 질문을 던졌다.

"이건 어떤 편지인지요?"

"제로델을 체포한 일을 항의하고 그의 무죄 방면을 주장하는 귀부인들이 보낸 편지입니다. 전자우편 항의로는 부족하다고 여기나 봅니다."

케슬러가 조소했다.

"좀 봐도 괜찮겠습니까?"

"물론입니다, 그러시라고 이렇게 집까지 와주십사 청했으니까요."

무작위로 몇 개를 집어 읽던 카이유와의 눈이 한 편지에 찍힌 인장에 멎었다.

"이 문장은…."

케슬러는 카이유와와 눈이 마주치자 그가 제대로 본 게 맞다는 뜻을 담아 고개를 끄덕였다. 카이유와는 편지를 읽은 뒤 정중하게 제자리에 돌려놓았다.

"오늘도 벌써 몇 통 째인지 모릅니다. 직접 읽으셨다시피…."

단어를 고르느라 케슬러의 말이 잠시 끊겼다.

"아주… 강한 주장을 펼치는 분도 있습니다."

해당 편지에는 케슬러가 제로델을 무죄 방면하지 않을 경우 그녀를 사회적으로 고립시키겠다는 명확한 위협이 담겨 있었다. 파란 시가 연기가 끽연실을 메웠다.

큰 결심을 한 듯 케슬러가 카이유와와 눈을 마주했다.

"잠시 예의범절을 내려놔도 괜찮으시겠습니까?"

카이유와는 일순 처음 만나 갓 인사한 사람에게 같이 공중목욕탕에 가자는 말을 들은 것처럼 위화감을 느꼈다.

"사건의 본질을 보려면 오직 법률적인 문제만 따져야 하기 때문에 그렇습니다."

케슬러가 급히 덧붙였다. 느린 끄덕임으로 카이유와는 긍정의 뜻을 표했다.

"제로델은 사람이 아닙니다!"

재갈이 풀린 양 케슬러가 시원스럽게 말을 뱉었다.

카이유와는 제로델을 처음 본 날을 떠올렸다. 곧게 뻗

은 팔과 다리, 우아하게 물결치던 황금빛 머리카락, 방심한 듯한 목덜미를 가진 청년으로 멀리서도 이목을 사로잡았다. 카이유와의 시선을 알아차린 이가 행성 유르베에서 최초로 시민권을 받은 로봇으로 행성 전체를 들썩이게 만들었던 주인공이라고 말해주었다.

인간형 로봇은 발전을 거듭했으나 여전히 사람에 견주면 움직임이 뻣뻣했고 표정 또한 제한적이었다. 그림이든 조각이든 로봇이든, 사람은 사람의 형태가 실제와 다른 건 즉각 알아차리고 이질감을 느꼈다. 늘 보는 게 사람인 탓이었다. 해서 대부분의 인간형 로봇은 사람과 닮게 하느라 부자연스러움을 감수하느니 골격만 사람의 형태를 취하고 옷을 입히거나 이목구비를 캐릭터화했다. 가장 인간과 닮게 만들어지는 로봇인 섹스로이드도 가만히 있을 때는 사람과 흡사하지만 움직이면 로봇임이 드러났다. 하지만 제로델은 누가 가르쳐줘서야 로봇임을 알았을 정도로 사람과 차이가 없었다. 카이유와에게 제로델이 로봇임을 알려준 이는, 놀라는 그의 모습에 준비한 장난이 성공한 아이처럼 유쾌하게 웃었다. 그녀는 사전 정보 없이 제로델이 로봇이라는 걸 알아본 사람이 없었다고 덧붙였다.

"제로델은 인간형 로봇, 휴머노이드입니다. 휴머노이드를 체포하고 감옥에 가두고, 재판까지 연다는 게 말이 됩니까? 유희에도 정도가 있습니다!"

케슬러가 거칠게 내질렀다.

"시민권을 받아서 시민으로 인정받았죠."

"그것도 유희를 위한 것 아니었습니까?"

"제로델의 혐의가 성추행이지요?"

"그렇습니다. 그런데 로봇이 성추행을 할 수 있습니까? 성추행은 의도가 필요합니다. 이건 휴머노이드가 인간의 의도를 오인해서 발생한 오류입니다. 오류를 저지른 휴머노이드는 폐기하거나 인공지능을 수정하면 됩니다. 일을 이렇게 복잡하게 꼴 이유가 없어요. 제로델을 프뤼에 넣은 건 달리 넣어둘 곳이 없었기 때문이었습니다."

행성 유르베에는 감옥이 없었다. 범죄자는 자택에 있는 감금실에 수용되었고 문은 법무직원만 여닫을 수 있었다. 하지만 에레나에게 감금실 문 해킹은 일도 아닐 터였다. 케슬러가 근위병 로봇에게 제로델을 데리고 오라고 명한 건 에레나가 제로델을 조작해 증거를 인멸하려는 걸 막기 위함이었다.

프뤼와 마시밀은 유희용 감옥이나 유르베에서는 유희와 현실의 구분을 두지 않는지라 진짜 감옥 못지않게 엄중하게 유지되고 있었다.

"제로델을 문초… 아니, 검사해보셨습니까?"

"제로델은 녹화와 녹음을 하지 않습니다. 저장장치에 '기억'으로 기록된답니다. 설사 저장장치를 꺼낸다 해도 외부장치와 연결할 방법이 없고, 연결시킨다 해도 어떤 앱이나 프로그램과도 호환되지 않는다고 하더군요."

"본인의 증언 외에는 확인할 도리가 없는 거군요."

"그렇습니다."

유르베의 난다 긴다 하는 인공지능 학자와 기계공학

자 모두 제로델을 조사하는데 난색을 표했다. 에레나는 모든 로봇을 수작업으로 만들었다. 그들은 에레나가 만든 소형 설치류조차 자신들이 수리하거나 제어하는 게 불가능한데 제로델을 어떻게 건드리느냐고 했다.

에레나는 쓰러졌고, 뮈세는 자기가 할 수 있는 일이 아니라고 했다. 설령 할 수 있더라도 하지 않을 기세였다. 뮈세는 제로델을 철저하게 사람으로 대하고 있었다.

케슬러는 제로델을 폐기하기를 바랐다. 하지만 많은 이들의 격렬한 반대에 부딪치고 있었다. 제로델이 인간으로 인정받았다는 게 그 주요 근거 중 하나였다.

"제로델은 휴머노이드입니다. 유희에 로봇 하나 더한 겁니다."

케슬러는 반복되어 나온 '유희'라는 단어가 그에게 불러일으킨 위화감 속에서 자신이 행성 유르베의 시스템에 얼마나 길들었는지 새삼스레 실감했다. 그가 행성 유르베에 정착해, 유르베의 고유하고 배타적인 시스템인 왕정王政에 맞춰 살아온 게 어느덧 28년이었다.

올해는 개척민이 도착한 해를 원년으로 한 유르베 력으로 397년이었고, 왕정을 도입한 지는 꼭 298년이 되는 해였다.

397년 전 행성 유르베에 온 387가족으로 이루어진 1430명은 아름다운 자연경관에 감탄했고, 지하에서 다이아몬드, 사파이어, 에메랄드 등 풍부한 고급 광물자원을 발견하고 감격했다. 그들은 지구와 같은 실수를 하지 말자는데 만장일치로 뜻을 모아 인간과 자연이 공존할 길을 찾았다. 특정 생물종의 서식지가 협소해 광산을 개발하는 과정에서 멸종할 위험이 있다면 기꺼이 그곳을 포기했다. 다행히 유르베에는 지하자원이 넘치도록 많아 미련을 두지 않아도 되는 데다 농경과 과수업만으로도 여유롭게 먹고 살 수 있었다.

그들은 인간의 거주지를 전체 행성의 10퍼센트로 제한했고 자신들이 그중 한 면에 자리 잡았다. 이후 엄격한 종교적 서약에 준하는 이주서에 서약해야만 이주를 받는다는 법을 역시 만장일치로 통과시켰다. 과도한 부를 위해 유르베의 자연을 해치거나 생물종의 생존권을 위협하면 안 되며, 자급자족을 기본으로 하고, 1년에 최소한 4회는 사교 모임에 참석해야 하고, 인구 폭발을 막기 위한 자녀정책에 협조해야 했다.

광산, 과수원, 농경 등등은 모두 자동화되어 사람들은 땀 흘려 일할 필요가 없었다. 그들은 종종 지구의 다양한 제도를 주제로 한 파티를 열었다. 그중 가장 인기를 얻은 건 중세 유럽풍 왕정 파티였다. 재미가 들린 사람들은 제비뽑기를 통해 왕과 공작, 후작, 음유시인 따위를 정해서 지위에 맞는 복식과 예법을 갖춰 파티와 연극의 경계 속에서 시간을 보냈다. 그러다 어느 날 아예 왕정을 만들기로 했다.

행성 연합은 기함을 토하며 조사위원회를 파견했다. 행성 유르베는 강고하게 그들을 설득했다. 헌법에 유희임을 명시한 만큼 진짜 신분제가 아니다, 투표는 후보의 인지도, 외모, 언변, 재산, 지지자와 후원금을 모을 수 있는 처세술의 영향을 받는다, 제비뽑기야말로 공정하며,

성인이라면 누구에게나 평등한 기회를 제공한다는 게 논지였다. 영구직이라는 건 세습이 되지 않는다는 말로 방어했다. 어느 행성이든 다른 행성인의 눈으로 보기에는 다소 이상한 제도들이 있기 마련이고, 왕정제의 공식화에 대해 찬반 투표를 한 결과 9할이 참여해 그중 8.3할이 찬성했으며 그 어떠한 인권 침해도 없으니 문제 될 게 없다는 것이었다.

왕은 한 명, 공작은 다섯 명 등으로 숫자가 정해져 있었고, 모든 작위는 해당 작위를 가진 사람이 죽은 뒤 자원자 중 제비뽑기로 선출되었다. 아이들은 부모의 지위에 귀속되어 평민의 자녀는 평민, 귀족의 자녀는 귀족이나 성인이 되면 제비뽑기에 참여할 자격을 얻었다. 성인은 누구나 더 높은 지위에 도전하거나 부모가 귀족이더라도 자신은 평민으로 살아갈 수 있었다. 미성년자일 때 부모를 여읜 이는 기존 부모로 인해 받았던 지위는 해제되고, 새 보호자의 지위에 따른 지위를 받았다.

유르베에 이주 신청을 하는 이들은 이 시스템을 받아

들여야 했고, 결코 이걸 역할 놀이처럼 여기는 태도를 보여서는 안 되었다. 진심으로 왕정제를 받아들여야 하는 것이다. 예의범절과 어휘에 대한 시험을 치르는 건 물론이었다.

유르베는 이주민들에게 일정한 규모의 토지와 함께 매달 넉넉한 참여 소득을 지급했다. 많은 이들이 유르베에 이주하기를 갈망했으나 이주 시험에 합격하는 건 낙타가 바늘구멍을 통과하는 것만큼 어려웠다.

떠나는 건 쉬웠다. 행성 유르베 행정부는 이유여하를 막론하고 유르베를 떠나고자 하는 사람에게는 타행성에서 새 삶을 시작하기 충분한 정착 지원금을 지급했다. 떠났던 이가 복귀하고자 할 때에는 다시 시험을 치러야 했고, 그렇게 돌아온 사람이 재차 떠나고자 할 경우에는 처음 지원금의 5할만 지원했다. 지원금은 총 세 번까지 받을 수 있었다. 세 번째로 떠나는 이에게는 첫 지원금의 2할만 지급했으며 방문은 가능하나 이주 신청은 금지되었다.

행성 유르베의 인구는 1억 5천만 명으로 인구 밀도가 가장 낮은 행성에 속했다. 유르베인들은 소수의 인구로 한적한 삶을 살아갔다. 복잡한 귀족 예절이 귀찮은 사람들은 언제든 지위를 내려놓고 평민이 될 수 있었다. 평민에게 부과된 일은 추석이나 설에 왕의 안녕을 기원하는 작은 의식을 열고, 왕이 행차할 때면 환호성을 질러주는 게 전부였다. 사람들은 외국 사절을 반기듯 혹은 좋아하는 배우의 무대 인사나 가수의 공연을 보듯 일상의 소소한 유희로 왕의 행차를 즐겼다. 애초에 평민이든 귀족이든 수입은 비슷했다. 매무새를 얼마나 가꾸는지, 식사할 때 포크와 나이프의 순서를 얼마나 신경 쓰는지, 소소한 가십에 얼마나 열정적으로 반응하는지 따위의 차이일 따름이었다.

에레나 마르 박사는 19년 전에 이주 신청을 했다. 당시 103세였다. 발달한 행성에 사는 사람들의 평균 수명이 150세였으니 그녀는 신체적으로는 한창 때였다. 하지만 새로운 문화에 적응할 만큼 말랑말랑한 마음을 지니기에는 늦은 시기였다. 에레나 마르라는 이름 또한 유르베에 이주 신청을 하며 만든 유르베식 이름이었고 원래 이름은 따로 있었다. 그녀가 나고 자란 문화권에서는 포크와 나이프보다는 젓가락이 유용했다. 에레나 마르는 젓가락만 있으면 손쉽게 발라먹을 수 있는 숭어찜을 앞에 두고 포크와 나이프로 씨름하며 말투와 몸가짐 또한 완전히 새로 익혀야 했다. 3년에 걸친 치열한 노력 끝에 그녀는 그 어려운 일을 해냈다. 와인잔을 우아하게 돌려 향을 음미했고 허리를 꼿꼿하게 세운 채 로봇 말에 올라 부드러우면서도 명확하게 "이랴!"하고 지시했다. 시험감독관은 감탄 속에서 그녀에게 행성 유르베의 이주 합격서를 내주었다.

"에레나 마르 박사와 이야기를 나눠보신 적 있는지요."

케슬러가 물었다. 카이유와는 고개를 저었다.

"사적인 대화를 나눠본 바는 없습니다."

나이가 들어서 행성 유르베처럼 배타적인 곳에 까다

로운 시험까지 감수하며 정착하려는 사람은 대체로 그만한 사연이 있기 마련이었다. 카이유와는 에레나 마르의 사연에 동질감을 느꼈다.

에레나 마르는 로봇 공학자이자 인공지능 학자였다. 그녀가 만든 로봇 기술은 전쟁용 로봇에 응용되며 수백억의 인명 피해를 입혔다. 카이유와는 에레나 마르가 자신의 기술이 무해하게 쓰이는 곳을 찾아 유르베로 왔다고 속가량했다.

유르베에서 그녀는 자신의 능력을 유감없이 펼쳤다. 먼저 외형과 움직임 모두 실제와 흡사한 로봇 말을 만들었다. 더해서 말에 개성을 부여했다. 어떤 말은 평지를 빠르게 달렸고, 어떤 말은 장애물을 곧잘 뛰어넘었다. 성격 또한 천차만별이라 예민하거나 다정하거나 고집이 셌다. 역설적이게도 장점보다 단점이 사람들이 로봇 말을 더 친근하게 느끼게 했다. 한편으로 사람과 민감하게 교감해 사람이 어떻게 대하느냐에 따라서 예민한 면이 감소되고 고집이 누그러지기도 했다.

유르베는 토착 생물종을 반려동물로 길들이는 걸 금지했다. 에레나 마르는 토착 생물종을 본뜬 반려동물 로봇을 만들어냈다. 실제 생물이 로봇 생물에게 구애하는 모습이 수차례 포착되며 그녀의 로봇은 실제와 모방의 경계를 허무는 경지에 이르렀음을 보였다.

그녀의 가장 뛰어난 업적은 로봇 생물을 사냥터에 풀어 유르베인이 로봇 말을 타고 활을 쏘며 사냥을 즐기도록 했다는 데 있었다. 생김새는 실제와 구분하기 어렵지만 렌즈에서는 로봇의 표식이 떴다. 가상현실에서만 사냥을 즐기던 유르베인들은 열광했다. 에레나 마르는 행성 유르베를 더욱 행성 유르베답게 도약시킨 인물로 사람들의 환대 속에서 많은 파티에 초대받았다.

15년 전 에레나 마르는 그녀의 가장 위대한 역작으로 평가받는 아름다운 남자 로봇, 제로델을 세상에 공개했다. 아름다운 것을 찬미하는 유르베 귀족들은 제로델을 두 팔 벌려 환영했고, 제로델의 시민권 적격 심사가 열렸다. 길고 복잡한 과정과 논의를 거쳐 제로델은 행성 유르베에서는 최초로 로봇으로서 시민권을 받았고, 중세 왕정 분위기를 내기 위해 만들었던 감옥에 갇히는 첫 번째 시민이 되었다. 행성 유르베는 분쟁은 있되 범죄는 없던 곳이었다. 분쟁은 대화와 합의를 통해 풀었다. 자택에 마련된 감금실은 대부분 순간적으로 벌어진 폭행 사건 때 쓰였다. 신체 싸움이 가장 강한 범죄에 속해 왔던, 평온한 행성이었다.

"가드 공작은 만나 보셨습니까?"

카이유와가 물었다.

"공작은 충격을 받아 쓰러져 안정을 취해야 한다는 핑계로 한사코 만남을 거부하고 있습니다."

정확히 말하면 진술을 거부하고 있는 것이었다. 케슬러는 유르베에서 나고 자란 사람이었다. 그가 먼저 유희의 탈을 벗자고 말해 놓고도 어느새 원래 모습으로 돌아가 있었다.

"그런데 아비게일 가드 공작이 몸져누웠다는 핑계로 외출을 삼가고 있는 진짜 이유를 아십니까?"

"대충 듣기는 했습니다."

"제로델을 마시밀로 옮기기 전날이었습니다. 르바렐라 백작의 첫째 딸의 약혼식이 열리는 날이기도 했죠. 가드 공작도 참석했는데… 그날 파티에 참석한 부인들 중 아무도 가드 공작에게 말을 걸지 않았습니다."

아비게일은 어려서부터 빼어난 외모로 유명세를 떨쳤다. 그녀는 성인이 된 다음 해인 열아홉 살에 홀아비였던 가드 공작과 결혼하며 공작부인의 지위를 받았다. 가드 공작은 당시 백서른세 살이었다. 그는 삶의 마지막 나날을 사랑스러운 여인과 보내게 되어 기뻐했고, 아비게일은 자신을 마냥 귀애하는 남편에게 만족했다. 가드 공작이 죽은 뒤 공석이 된 공작위를 두고 제비뽑기가 시행되었다. 아비게일은 천만 대 1이라는 확률을 뚫고 공작위를 받으며 다시 한 번 유르베를 들썩이게 했다.

누가 강요한 것도 아닌데 1년 간 애도의 시간을 보낸 뒤 사교계로 돌아온 아비게일 가드 공작은 타고난 미모와 뛰어난 패션 감각, 화려한 언변으로 무려 50년을 사교계의 여왕으로 군림해 왔다. 그런 그녀가 파티에서 모두에게 외면당했다. 견디다 못해 샴페인 잔을 떨어뜨리며 가녀리게 쓰러지는 그녀를 부축해 집까지 바래다준 타행성 사업가가 그 후 아무도 그를 만나려 들지 않아 낭패 속에 떠났다는 믿을만한 이야기가 있었다.

그날을 기점으로 가드 공작에게 열렬한 찬양시를 바치던 시인과 그녀를 숭배하던 귀족 모두 그녀와 거리를 두었다. 본격적인 왕정이 시작되기 전, 파티의 주제로 역할 놀이를 즐길 때부터 지금까지 여인들이 이렇게까지 단결한 예는 없었다. 서로 반목하던 부인들조차 잠시 싸움을 멈추고 공통의 적에 대항했다.

"폐하께서는 뭐라고 하시는 지요?"

"그 분은… 저에게 전권을 위임하셨습니다."

제비뽑기로 뽑는다 해도 유르베의 왕에게는 사람들 간의 분쟁을 중재해야 하는 의무가 뒤따랐다. 가드 공작을 좋아하는 왕은 그녀를 지지하고 싶어 했다. 그러나 지위란 주변의 대우와 인정이 없으면 덧없어졌다. 그래서 중재를 거부하고 법대로 하라고 한 것이다.

유르베는 한 사람이 전 행성인을 대표하는 건 불합리하다는 판단 하에 대통령은 두지 않지만, 사법부, 입법부, 행정부처럼 시험과 투표를 통해 선출하는 국가 조직은 존재했다. 사법대신은 사법부를 대표했다.

유르베의 법은 피해자가 합의나 선처를 바라지 않는 한 강제 추행죄를 추방으로 다스렸다. 로봇이 사람을 추행한 예는 아직 없으나 오류를 일으킨 로봇은 법률 상폐기해야 했다. 제로델을 인간과 로봇 중 무엇으로 정의하느냐에 따라 어떤 법이 적용될 지가 정해졌다. 어느쪽으로 결정되든 행성 유르베를 실질적인 분쟁의 나락으로 빠뜨리게 될 터였다. 카이유와는 행성 유르베의 무해한 파벌 싸움과 호사스러운 평화를 사랑했다. 케슬러는 그 점을 잘 알고 있기에 그를 불렀다.

"제가 부인들에게 그 매혹적인 존재를 포기하라고 이야기하길 바라십니까?"

카이유와의 입가에 어딘지 모르게 소년 같은 미소가

맺혔다. 케슬러는 파랗게 타오르는 시가 연기를 바라보다가 어렵게 입을 열었다.

"귀부인들은 제게 끝없이 편지를 보냅니다. 직접 오기도 하고요. 전 지쳤습니다. 그렇다고 법을 무시할 수는 없습니다. 가드 공작이 지른 비명에 시녀장이 달려갔습니다. 시녀장은 방에서 나오는 제로델과 복도에서 스쳤다고 하더군요. 제로델이 공작과 함께 있었다는 걸 알고 있었기에 시녀장은 당연히 제로델이 공작의 침실⋯ 공작의 소리가 들려온 곳으로 함께 갈 줄 알았답니다. 하지만 분명히 허겁지겁 뛰어오는 시녀장과 마주쳤는데도 그대로 집을 나갔다고 하더군요. 시녀장은 의아하게 생각하긴 했지만 일단 공작에게 갔습니다. 공작은 찢어진 옷을 입고 흐느끼고 있었고 방안은 아수라장이 되어 있더라고 했습니다. 참고로 시녀장은 사람입니다."

"제로델에 대해서는 무슨 이야기를 하던가요? 그가 도망치는 것처럼 보이진 않았다던가요?"

"그의 인상에 대해 묻자 시녀장은⋯."

케슬러는 눈살을 찌푸렸다.

"무드등의 옅은 불빛 아래 보이는 모습이 마치 마자루안의 그림 속에 나오는 미소년처럼 아름다웠다고 하더군요."

"핫핫핫."

카이유와는 순간 터진 웃음을 주체하지 못했다. 그를 원망스레 바라보던 케슬러가 말을 이었다.

"집사도, 집사는 로봇입니다, 그날 밤 제로델이 찾아왔다는 증언과 영상 자료를 제출했습니다. 현재로선 그 로봇, 청년, 존재, 아무튼 제로델을 도울 방법이 없습니다. 공작이 소리를 지르는데 도우러 가지도 않았고요. 도망치는 것처럼 보이지는 않았다지만 그 점만 가지고는 납득할 수 없습니다."

"공작은 왜 늦은 시간에 그를 집으로 불렀다고 합니까?"

"제로델이 공작에게만 은밀히 할 이야기가 있다고 했다는군요."

"그 이야기는 뭐랍디까?"

"미처 듣지 못했다고 했습니다. 단 둘이 되자마자 갑자기 덮치더라고요."

"제로델은 묵묵부답이고요?"

"네."

제로델이 시민권을 받는 과정에서 받은 테스트 중에는 자신이 위험에 처했을 때에 대한 반응도 있었다. 제로델에게는 분명 자기 보호 본능 혹은 시스템이 내장되어 있었다. 그런데 폐기당할 지도 모르는 고발을 받고도 묵묵부답으로 일관한다?

창밖으로 보이는 바깥은 어느새 어둑어둑했다. 빛을 찾아든 흑나방 한 마리가 헛되이 창에 부딪히며 날개를 떨었다.

"사건을 조사하는 과정에서 에레나 마르의 재정 상태에 대해서 알게 되었습니다. 마르는 수입보다 지출이 월등히 많았습니다. 그 적자를 제로델이 메워 왔습니다. 제로델은 여인들과 관계한 뒤 돈을 받았습니다. 에레나 마르는 아들이 아닌 돈을 벌 로봇을 만든 겁니다. 그런데 부인들은 하나같이 서로 선물을 주고받는 건 일상적인 일 아니냐고 반박합니다. 주고받아야 관계죠! 제로델은 받기만 했습니다. 제가 그걸 지적하자….”

케슬러는 죽음을 목전에 둔 이의 단말마 같은 한숨을 내쉬었다.

“며칠 전이 손녀 자스민의 세례식이었습니다. 파티에는 초대한 손님이 반도 오지 않았습니다. 끝까지 남아 있던 분들은 부인보다는 남편의 목소리가 더 큰 집이었죠. 많은 분들이 가지 않겠다고 맞서는 부인을 포기하고 혼자 와야 했습니다. 처음 한두 분은 부인이 건강이 좋지 못하다며 사과했지만 혼자 오는 분이 이어지자 서로 머쓱하니 지나갔습니다. 그중에는 언제나 남편에게 순종하기로 유명한 몰리에르 백작도 있었습니다. 화가 난 백작부군이 몰리에르 백작의 팔을 잡아 일으키자 백작이 이렇게 말했다는군요.

‘기어이 날 데려간다면 앞으로 다시는 당신이 내 몸을

만지게 하지 않겠어요!'

　말술을 마셔도 끄떡없는 몰리에르 백작부군이 몸을 가누지 못할 정도로 취한 채 그 일을 털어놓았습니다. 솔직히 전… 부인들이 몰려왔을 상황이 더 걱정스러웠습니다만….”

　케슬러는 편지에 묻지 않도록 주의하며 재를 털었다.

　“그날 새벽 손님들이 모두 돌아간 후 딸이 제 방에 왔습니다. 감히 제가 하는 일에 대해 왈가왈부한다는 건 생각도 못 하던 아이였는데. 딸이 흐느끼며 말하더군요. ‘어머니가 제로렐을 추행죄로 처벌하면 자스민은 고립될 거예요. 어머니는 사태가 얼마나 심각한지 모르세요! 할 수만 있었다면 세례식을 늦췄을 거예요, 전 이렇게 될 줄 알고 있었어요!' 라고요.”

　유르베인들은 드넓은 농장이나 과수원, 광산을 소유했다. 일부러 작은 마을을 이루고 사는 사람들도 있지만 대부분 자신의 소유지에 집을 짓고 짧게는 백여 킬로미터, 멀게는 수백 킬로미터씩 떨어져서 살았다. 그러나 물리적인 거리와 별도로 유르베인들은 수시로 파티를 열고 교류하며 과거 농경생활 때처럼 긴밀한 사회생활을 했다. 인구 밀도 또한 낮은지라 고립은 사회적 사망을 의미했다.

카이유와는 1년에 한 번 보름 간 금식기도를 했다. 금식기도 기간에는 바깥소식은 일절 듣지 않았다. 며칠 전 금식기도가 끝나 대략의 이야기는 들었으나 자세한 내막까지는 미처 파악하지 못하고 있었다.

"이 사달의 핵심은 시민권을 받은 휴머노이드라는 게 아니라 잘생긴 데다 인간을 능가하는 성기능을 탑재한 로봇이라는 점입니다! 모르긴 몰라도 전 행성을 통틀어 이제껏 만들어진 섹스로이드 중에서 최고일 거예요. 에레나 마르가 만든 유일무이한 섹스로이드니까요. 제로델은 인간의 수명을 월등히 넘어설 겁니다. 제로델이 계속 행성 유르베에서 살아간다고 생각해 보세요. 지금 부인들의 자손들과도 관계할 겁니다. 그게 도대체 무슨…!"

케슬러가 진저리를 쳤다.

"다들 그럴싸한 외형에 눈이 팔려서 제로델의 본질을 놓치고 있어요. 로봇에 오류가 발생하면 그게 만 대 당 한 대일지라도 전 제품이 회수되어 폐기됩니다. 수공예품이라 해도 제로델 또한 마찬가지입니다. 제로델은 시한폭탄과 같아요. 오류가 난 지금 폐기해야 합니다. 이대로 놔두면 무슨 문제를 더 일으킬지 몰라요. 백 보 양보해 제로델에게 지능이 있다고 쳐도, 생명은 아니란 말입니다! 제 사회적 삶이 위태로워진다고 법을 집행하지 말아야 합니까? 신부님, 도와주십시오. 신부님이라면 부인들도 기꺼이 마음을 여실 겁니다."

케슬러는 까슬까슬한 목소리로 말을 마쳤다. 카이유와는 지금까지 그에게 도움을 청한 사람들에게 위안을 준 따뜻한 모습으로 대답했다.

"제가 부인들을 만나서 이야기를 나눠보도록 하지요."

카이유와는 몰리에르 백작가로 향하는 비행정에 올랐다. 비행정은 길을 만들 필요가 없어 지상에 해를 입히지 않았고 느리기 때문에 새가 다칠 우려도 없었다. 다만 응급 상황 대처를 위한 초고속 비행기는 곳곳에 마련되어 있었다.

청명한 날이었다. 몇 점 떠 있는 구름은 푸른 하늘을 꾸미는 장신구 역할을 맡았다. 몰리에르 백작부군은 낮이면 로봇 말을 타고 영지를 둘러보는지라 카이유와는 일부러 낮 시간대를 골랐다. 집사 로봇이 정중하게 카이유와를 맞이하고 몰리에르 백작이 달려오듯 반기며 가볍게 무릎을 구부려 반지에 입 맞췄다.

"연락도 없이 불쑥 찾아오는 실례를 범했습니다."

"어서 오세요. 카이유와 신부님께 저희 저택은 언제나 활짝 열려 있답니다."

"환대해 주셔서 감사합니다."

몰리에르 백작은 그를 응접실로 안내했다. 시종 로봇이 과자와 차를 내왔다. 카이유와가 금식기도를 마친 후 건강 상태에 대한 의례적인 인사가 끝나자 백작은 그가 방문한 이유를 궁금해했다. 카이유와는 특유의 상냥한 어조로 운을 뗐다.

"요즘 한 젊은이의 앞날을 놓고 사교계가 뜨겁게 달아올라 있더군요."

몰리에르 백작의 얼굴이 친구인 줄 알고 들였는데 적이라는 걸 알게 된 사람처럼 차갑게 굳었다. 한순간에 뒤바뀐 표정에도 카이유와는 처음처럼 부드럽게 말을 이었다.

"케슬러 법무대신께선 법을 집행해야 할 의무가 있습니다. 그분이 소신껏…."

"공작의 위세에 눌려 없는 죄를 뒤집어씌우는 게 소신인가요?"

늘 주눅 들어보이고 항상 작은 목소리로 말하던 몰리에르 백작이 주먹질이라도 하듯 언성을 높였다. 힘이 들어간 손이 무릎에서 치마를 구겼다.

창을 통해 들어온 햇살이 백작의 결이 가는 머리카락에 닿았다. 머리색과 유사한 색의 피부는 잡티 없이 고왔다. 카이유와와 대조되는 피부색이었다.

"정말로, 그이가, 제로델이 가드 공작을 희롱했다고 생각하세요? 공작이 원하지 않는데 강제로?"

"마르 박사는 유르베에 온 뒤 정착금과 미개발 광산이 있는 영지를 받았지요. 하지만 박사는 광산을 개발하지 않았습니다. 정착금은 타행성에서 각종 장비를 사는데 소모했고요. 유르베는 자급자족을 중시하여 수입품에는 높은 관세를 매깁니다. 유르베 전역에서 에레나 마르 박사의 로봇들이 쓰이고 있으나 박사는 수입보다 지출이 많았습니다. 최근 4~5년은 건강이 악화되어 이렇다 할 로봇을 만들어내지도 못했지요."

"무슨 말씀을 하시고 싶으신 거죠?"

"잠깐이라도 몸이 회복되면 박사는 연구를 하고 싶어했고, 연구에는 비용이 따릅니다. 제로델이 박사를 극진히 섬긴다고 들었습니다. 성직자로 이런 말을 입에 담는 건 쉬운 일이 아닙니다만 그가 부인들을 유혹하고 금품을 요구했다고 주장하는 이들이 있습니다."

"그이는 단 한 번도 요구한 적 없어요!"

몰리에르 백작의 말에는 경험에서 우러나온 확신이 담겨 있었다.

지역, 인종, 문화를 막론하고 인류는 전반적으로 공식적인 부부 관계를 중시했으며 혼외 관계를 금했다. 지금도 부분적으로 남아 있는 일부다처제 또한 사회에서 허용한 부부 제도였다. 동시에 어떤 시대, 어떤 문화권에서도 일탈을 감행하는 사람들이 존재했다. 삶에서 가장 큰 짜릿함을 안기는 것 중 하나가 연애였다.

결혼 제도 바깥의 관계를 장려하는 종교는 없다고 해도 무방했다. 그러나 카이유와는 지금 그런 지리멸렬한 이야기를 늘어놓을 정도로 어리석지 않았다. 곧 봇물이 터졌다.

"제가 마흔세 살 때 백작위에 공석이 생겼죠. 재미 삼아 응모했을 뿐인데 덜컥 당첨된 거예요. 언제든 내려놓을 수 있으니 한 번 해보기로 했죠. 예법을 배우고 파티에 참석하고, 재밌다면 재밌고 어렵다면 어려웠어요. 가끔 내려놓을까 고민하기도 했죠. 그러다 평민들도 참석할 수 있는 파티에서 남편을 만났어요."

몰리에르 백작부군은 백작보다 스물네 살이 많았으며 현재 여든세 살이었다. 중키에 체구는 단단했고 멋들어진 콧수염을 길렀다. 사냥과 파티, 술을 즐겼으며 목소리가 우렁찼고 주변에 사람들을 몰고 다니는 걸 좋아했다.

"대뜸 제게 춤을 신청하시더라고요. 저는 초면인 사람과 춤을 추는 걸 어려워하는데 거절할 새가 없었어요. 두 곡을 추고 나니 다음 주에 저희집에 오기로 약속이 잡혔어요. 부모님은 첫눈에 남편을 마음에 들어했죠. 저에게 딱 어울리는 사람이래요."

몰리에르 백작의 어조에서 회한이 묻어났다.

"그분은 제가 농장 관리를 힘들어 한다면서 자기가

대신 관리해줄 수 있다고 했어요. 백작위도 더 잘 해나가게 도와준다나요. 저는 필요한 식재료를 얻을 만큼만 농장을 가졌어요. 돈이나 사치품에 욕심이 없었거든요. 똑같은 물건인데 디자인만 다를 뿐이잖아요.

사교계에서는 수시로 유행이 바뀌죠. 옷이든 생활용품이든 예법이든 뭐든지요. 그걸 만들어내는 사람들은 칭송받지만 그러지 못한다고 멸시받는 건 아니에요. 남편은 제가 어려운 확률을 뚫고 받은 백작위를 제대로 누리지 못하는 게 안타깝다는데, 저는 구경꾼으로 제 자리에 만족하고 있었거든요. 가끔 좀 더 적극적인 성격이었다면 어땠을까, 라거나 사람들 사이에서 주목 받고 싶다는 생각이 들 때도 있고, 기껏 차려입고 파티에 갔는데도 구석 자리에 앉았다 오면 조금 쓸쓸하기도 했지만, 그건 그냥….”

몰리에르 백작은 할 말을 찾아 헤맸다.

“이따금 다른 사람이 멋져 보이고, 다른 삶이 좋아 보인다고 해서 그게 곧 자신의 삶에 만족하지 못한다는 의미는 아니지요."

카이유와가 그녀의 마음을 읽어주었다.

"맞아요! 그런데 그분과 있으면 제가 무능한 사람, 누군가의 도움이 필요한 사람이 되는 거예요! 정신 차리고 나니 결혼식 날짜가 잡혀 있었어요. 만난 지 6개월 밖에 안 되었는데요. 저는 친구들에게 꼭 이 결혼을 하고 싶은지 모르겠다고 했어요. 그러니까 친구들이 전 늘 그렇게 말한대요. 이게 좋은지 잘 모르겠어, 이 일을 해야 할지 모르겠어, 늘 모르겠어, 를 입에 달고 사니까 적극적으로 절 리드해줄 수 있는 남자가 필요하대요. 심지어 부모님은 제가 그분이 아니면 영영 결혼하지 못할 것처럼 이야기했어요. 저는⋯ 남자들과 이야기하는 게 어려웠고, 자유롭게 연애하는 친구들이 부럽기도 했지만 결혼이 간절했던 건 아니었어요! 겨우 마흔세 살이었으니까요."

백작의 긴 속눈썹이 버드나무 잎사귀처럼 여리게 떨렸다.

"그분이 제게 오는 파티 초대장을 확인하고 갈 곳과 가지 말 곳을 결정하기 시작했어요. 제 파트너로 함께 참석하는 건 당연한 일이었고요. 그분과 같이 파티에 가면 전 아무 말도 하지 않게 되었어요. 그분이 알아서 다 이야기를 하니까요. 누군가 제게 물어봐도 답은 그분이 했죠. 어차피 저는 파티에서 별로 말하지 않으니 상관없다고 생각하면서도…."

그녀는 잠시 쉬었다가 말을 이었다.

"친구들은 일단 결혼을 해보라고 했어요. 살아보고 별로면 이혼하면 된다나요. 안 해보는 것보다는 해보는 게 낫다면서요. 이러지도 저러지도 못하는 동안 결혼식 날이 오더군요."

한참을 머뭇거리던 백작이 속삭이듯 말했다.

"신부님, 저는 처녀였어요."

보수적인 사회에서 엄한 법과 제도를 만들어도 일탈하는 사람이 나오듯 개방적인 사회에서도 보수적인 사람이 존재했다. 그건 나고 자란 문화와 별도로 개인이 타고나는 고유한 정체성이었다.

"결혼 전까지 지키고 싶었죠. 그것만큼은 어떻게든 관철하고 싶었어요. 그분은 제 뜻을 존중해주었죠. 그 하나에 그분이 절 배려해준다고 느꼈다니…."

백작의 입가에 자조적인 미소가 스쳤다.

"막상 결혼식 당일이 오니 설렜어요. 행복한 기분도 들었고요. 전 침실에서 그분을 기다렸어요. 그분은… 기분 좋게 술이 오른 상태에서 들어와서… 너무나도 능숙하게 절 안았죠. 그리고 알몸으로 누워있는 절 남겨두고 다시 손님들과 어울려 술을 드시러 나가셨어요."

수치심 속에 지나간 첫날밤은 비가 오면 쑤시는 오래된 상처처럼 계기만 주어지면 떠올라 그녀를 괴롭혔다.

"남편을 나쁘게 말하려는 건 아니에요. 남자답고, 좋은 분이시죠. 하지만… 네, 그분은 매번 그런 식이세요. 문득 생각났다는 듯이, 맥주나 와인을 한 잔 꺼내 마시듯, 그렇게 절 안고는 나가버리시곤 하죠."

몰리에르 백작은 우아한 손놀림으로 눈가를 훔쳤다.

"결혼 후 전 남편의 집으로 갔어요. 그분은 제 농장을 운영한다는 핑계로 집에 잘 오지 않으셨어요. 곧 그분에게 여러 애인이 있다는 걸 알게 되었죠. 이혼을 고민할 때마다 그분은 어떻게 눈치를 채는지 제게 다정하게 굴었어요. 부모님은 절 책망했어요. 제가 소극적이고 답답하게 구니 남자가 밖으로 돈다는 거예요. 어떤 친구는 제게 맞바람을 피우라더군요. 그래야 그분이 제 소중함을 안다나요? 다른 친구는 남편이 다 관리해주니 애인만들며 편하게 살래요. 하지만 그건… 제가 바라는 삶이 아닌데…. 그럼 뭘 바라는지 물으면 마땅히 할 말이 없고…. 어느 순간 정확히 뭔지는 모르겠지만 다 포기하고 나니 편해지더군요."

다음 말을 잇기 전 몰리에르 백작부인은 첫사랑을 앞에 두고 수줍음을 타는 사춘기 소녀처럼 손가락 끝을 만지작거렸다. 그녀는 쉰여섯 살이지만 마치 이십대 소녀처럼 보여 그 모습이 조금도 어색하지 않았다.

"제로델에 대해서는 잘 알고 있었어요. 유르베에서

그이를 모르는 사람이 누가 있겠어요? 그이는 잘생긴 데다가 언제나 화제에 올랐으니까요. 저도 파티장에서 남몰래 그이를 훔쳐보곤 했어요. 그이는 바라보는 것만으로도 즐거워지는 그런 사람이니까요. 그날도 평범한 날 중 하나였어요. 그분께선 늘 그렇듯이 절 파티장 한쪽에 내버려두고선… 파티를 즐기고 계셨죠."

"다른 부인과 춤을 추고 있었군요."

"…네."

백작은 들릴 듯 말 듯 대답했다.

"간혹 제게 춤을 신청하는 분들이 있었어요. 하지만 전 남편이 아닌 분과 춤을 추기 불편했어요. 그래서 늘 정중하게 거절하곤 했죠. 그날따라 전 유독 피곤했는데 그분은 돌아갈 기미를 보이지 않으셨죠. 돌아가고 싶다고 말씀드리려고 찾는데… 파티장 어디에도 안계셨어요. 춤 상대였던 부인과 함께요."

감정을 제어하려다 실패한 백작이 격앙된 어조로 말을 쏟았다.

"늘 있는 일이니까요. 전 아무렇지도 않았어요. 잠시 더 기다리면 되겠거니, 돌아오면 그만 집에 가자고 하시려니, 그렇게만 생각하고 있었죠. 그런데 누가 제게 춤 신청을 하더군요. 그 사람은…!"

백작은 하마터면 차를 쏟을 뻔했다.

"절 가엾게 여기고 있었어요! 제가 불쌍해서 춤을 추자고 말한 거였죠! 이제껏 얼마나 많은 사람들이 제가 홀로 의자에 앉아 남편을 기다리는 걸 안쓰럽게 보고 있었던 걸까요?"

몰리에르 백작은 손수건 끝으로 서둘러 눈물을 닦았다.

"정원에 나가서 아무 의자에나 주저앉았죠. 행여 정사를 나누고 있는 남편과 부딪힐까 더 으슥한 곳으론 갈 생각도 못했어요. 말씀드리고 보니 정말 바보 같네요."

그녀는 입술을 오므리며 우는 것처럼 웃었다.

"절대로 울고 싶지 않았어요. 울어서 눈이 붓고 화장도 얼룩진 얼굴로 남편을 만난다는 생각만으로도 몸서

48

리가 처졌어요. 아무리 이런 저라도 뭐든 하나는 지켜야 하잖아요? 전 뭔가 집중할 것을 찾아 주변을 살폈죠. 화단이라거나 뭐라도 좋았어요. 그런데, 그이가 있었어요."

백작의 눈에 처음으로 생기가 돌았다. 열이 오른 듯, 꿈꾸듯, 마치 그 순간으로 되돌아가기라도 한 듯이.

"왜 혼자 있는지 생각했어요. 그이는 언제나 누군가와 함께 있잖아요. 갑자기 구름이 걷히더니 주연을 향한 스포트라이트처럼 그이에게 달빛이 쏟아졌어요. 그이는 주머니에 손을 넣고 발끝을 보며 서 있었죠. 이곳에 온 건 오직 그렇게 서 있기 위해서라는 듯이.

달빛이… 그이의 금발을 은빛으로 물들였죠. 그이의 피부는 너무나도 투명해서… 혈관이 들여다보이기라도 할 것 같았어요. 물론 정말 봤다는 건 아니에요. 거리가 떨어져 있었으니까요. 저는… 저도 모르게 일어섰어요. 인기척에 그이가 돌아보았죠."

그녀는 한동안 식은 찻잔을 만지작거렸다.

"그이가 절 만나고 싶다고 말했을 때 기뻐서 가슴이 터질 것만 같았어요. 그이에게서는 라벤더 향이 났어요. 남편이 절 안을 땐 늘 술 냄새가 났는데…. 며칠 후 전 그이를 기다리고 있었죠. 불안하고, 초조해서 견딜 수가 없었어요. 하지만 그건 죄책감이나 남편에게 들킬까봐 무서워서가 아니었어요. 가만히 앉아있질 못하고 서성거리다가 창밖에 보이는 풍경을 보며 마음을 달랬죠. 그 때… 노크 소리가 들렸죠. 저는, 전 차마 뒤를 돌아볼 수가 없었어요. 들어오라는 말도 하지 못했죠. 뻣뻣하게 굳어서 그냥 그대로 서있기만 했어요. 문이 열리고 닫히는 소리가 들렸어요. 그런데 발걸음 소리가 나지 않았어요. 전 그이가 제 뒷모습을 보고 있다는 걸 알았어요. 그 생각을 하자 숨도 쉴 수가 없었어요. 그이는 그렇게 한동안 제 뒷모습만 바라보고 있었죠. 아니면 잠깐이었을지도 몰라요. 전 그때 정신이 하나도 없었으니까요. 그리고 돌아보지도 않았는데 그이가, 한 걸음씩, 제게 다가오는 게 느껴졌어요."

얼굴이 발갛게 상기된 백작이 빈 잔을 입에 털어 넣었다. 숙녀답지 못한 행동으로 평소 그녀라면 있을 수 없는 일이었다.

"그이는 제 양어깨를 다정하게, 너무나도 조심스럽게, 마치 제가 유리로 만든 인형이라도 되는 것처럼 잡았어요. 그리고 아주 천천히 더할 나위 없이 다정하고 섬세하게 제 목에 얼굴을 묻고는 한동안 가만히 있었어요. 미칠 듯이 뛰고 있는 제 심장이 가라앉고 다음 단계로 갈 수 있을 때까지. 그리고 제 목에 키스하기 시작했죠. 그렇게 부드러운 키스가 존재할 거라고는 생각도 못 해봤어요. 그이는 마치 제 목에 달콤한 벌꿀이라도 묻은 듯, 아끼고 아껴서 조금씩 맛을 음미하듯, 그렇게 절 애무했어요. 천천히, 그이의 손이 제 허리로 내려오고…."

카이유와는 더 귀를 기울이지도 그렇다고 무심해지지도 않으면서 처음과 같은 표정으로 이야기를 들었다.

"다시 조금씩, 허리를 감싼 손이 위로 올라왔어요. 제가 조금이라도 굳으면 다시 이전 단계로 돌아가 제 목과

귓불을 애무했죠. 그렇게 그이의 손이 제 가슴으로 오고, 리본이 풀리고, 드레스가 바닥으로 떨어졌어요. 그이는… 잠시 애무를 멈추고 제 실루엣을 감탄하며 바라보았죠. 마침내 그이가 제 몸을 돌려세웠을 때 갑자기 눈물이 쏟아졌어요."

몰리에르 백작의 눈에서 그때처럼 눈물이 떨어졌다. 그녀는 두 주먹을 꼭 쥐고 애처롭게 외쳤다.

"그건 제 첫날밤이어야 했어요! 첫날밤은 그래야 했어요! 그이는 제 눈물을 소중하게 핥았어요. 저는… 저는 스스로는 손가락 하나 움직일 수 없을 만큼 부끄러웠고… 너무나도 황홀했어요. 그런 사람이 강제로 여자를 희롱해요? 아니에요, 신부님! 그럴 리가 없어요!"

몰리에르 백작의 외침 후에 정적이 찾아왔다. 가까스로 마음을 가다듬은 백작이 물었다.

"차를 더 내올까요?"

"제로델에게 값비싼 선물을 하셨나요?"

카이유와가 여상스럽게 물었다.

"그날 지니고 있던 팔찌와 목걸이, 귀걸이를 주었어요. 연인에게 정표를 주는 마음으로요."

"정표라면 한 가지로 충분하죠. 게다가 제로델이 그걸 간직하진 않았을 겁니다."

"그이는 언제나 화젯거리니까, 마르 박사가 쇠약해지며 사실상 수입이 없어지다시피 했다는 걸 알고 있었어요. 그래서 준 거예요. 그이가 그걸 팔길 바랐어요. 신부님! 그이는 제게 아무것도 요구하지 않았어요. 제가 자진해서 줬다고요! 장담하는데 제가 아무것도 주지 않았다 해도 그이는 조금도 상관하지 않았을 거예요!"

카이유와는 비행정에 올랐다. 그는 큰소리를 내 본 적도, 낼 줄도 모르던 몰리에르 백작이 언성을 높여 제로델을 옹호하는 걸 보고 백작이 한 장담이 덧없는 말임을 확신했다.

에레나 마르는 천재 로봇 공학자였고, 천재라는 칭송에 종종 따라붙는 괴짜라는 수식어와도 잘 어울리는 사람이었다. 사람들 속에 섞이는 걸 딱 질색하는 에레나 마르에게 1년에 최소 4회는 의무적으로 참석해야 하는 유르베의 제도가 난감했을 것이다. 고통과 자책, 절망 속에서 이 악물고 예법을 익혀 유르베의 까다로운 시험은 통과했으나 실생활에서 복잡한 예법을 따르는 것도 어려웠을 터였다. 카이유와 자신이 아흔 살이 넘은 나이에 유르베에 정착하며 절감했던 일이었다.

유르베에는 파티에 참석하기에는 건강이 좋지 않은 경우 자녀를 보내면 된다는 조항이 있었다. 이미 여러 사람이 에레나 마르에게 배우자를 소개시킬 뜻을 표했다. 그중에는 이미 장성한 자식이 있는 사람도 있었다. 그러나 에레나 마르는 모두 거절했다. 아마도 그녀에게 파티를 피해 결혼하는 건 프라이팬에서 불로 뛰어드는 격이었을 터였다.

그래서 그녀는 자신이 가장 잘하는 일로 이 귀찮은 의무에서 벗어나고자 했다. 그게 바로 제로델이었다.

카이유와는 에레나 마르가 유르베에 오기로 결심함

과 동시에 제로델을 구상했으리라고 짐작했다. 몸체를 만들기 전부터 제로델에게 유르베의 뉴스는 가십 하나 남김없이 학습시켰을 것이다. 제로델이 유르베의 예법을 익히는 건 사람보다 훨씬 쉬웠으리라. 제로델은 제작 단계부터 준비되어 있었다. 사람들은 준비되었을까?

관저로 돌아온 카이유와는 제로델이 사교계에 나오고 시민권을 받기까지의 과정을 검색했다.

그의 입가에 옅은 미소가 맺혔다. 에레나 마르는 자신이 제로델을 시민으로 인정해달라고 하면 일이 어려워지리라는 걸 알고 있었다. 사람들이 제로델을 원하게 해야 했다.

에레나 마르는 몬타위 남작부인의 파티에서 제로델의 첫 선을 보였다. 몬타위 남작부인은 사교계에서의 위치는 중간 정도였고 호들갑스러운 성격이었다. 몬타위는 제로델에게 갖은 찬사를 퍼부으며 그에 대한 소문을 퍼뜨렸다. 이후에도 에레나는 비슷한 급의 파티에만 제로델을 데려갔다. 결국 사교계의 최강자인 가드 공작이 움직이며 그들을 초대했다. 하지만 그 해의 사교 모임 의무 출석 일수는 채웠던 에레나 마르는 거절했다.

해가 바뀐 뒤 에레나 마르는 첫 번째 사교 모임으로 가드 공작의 파티를 택해 제로델을 대동했다. 가드 공작의 파티는 왕비의 파티 참석자 수를 능가하는 사람들이 참석했다. 제로델은 그날 수많은 귀부인들의 눈길을 한 몸에 받으며 일약 스타덤에 올랐다. 그 뒤 에레나 마르는 건강을 사유로 연이어 파티 초대를 거절했고, 곧 제로델만 보내달라는 요청이 왔다. 에레나 마르는 휴머노이드는 소유자가 대동할 때에만 파티 참석이 가능하다는 조항으로 인해 곤란하다는 답변을 보냈다. 그러자 제로델에게 튜링 테스트를 시키자는 제안이 들어왔다.

공정을 기하기 위해 제로델, 뮈세, 그 외에 자원자 중 무작위로 뽑은 총 다섯 명이 삼백 명에게 40일에 걸쳐 신원을 감춘 채 튜링 테스트를 받았다. 삼백 명은 그중 로봇이라고 판단되는 사람을 찍었는데, 뮈세가 아홉 표를 받아 자기 자신도 어리둥절해했고, 다른 자원자는

5~7표를 받았으며, 제로델을 로봇이라 한 사람은 단 두 명에 불과했다. 나중에 두 사람 다 제로델을 사람이라고 생각했는데 재미삼아 표를 던졌노라 고백했다. 두 사람의 말을 무시하더라도 제로델은 사람보다 더 적은 표를 받았다. 행성 연합 소속 튜링테스터가 참여하지 않았기에 공식적으로는 인정받지 않았으나 비공식적으로는 로봇 중 가장 높은 점수를 받은 것이다. 이전에 튜링테스트를 받은 인공지능의 최고 기록은 20퍼센트의 튜링테스터에게 인간이라는 판정을 받은 경우였다. 치열한 논쟁 끝에 제로델은 시민권을 획득했다. 타행성에서도 로봇에게 시민권을 준 예가 있으나 행성 유르베에서는 제로델을 인간으로 인정하며 준 시민권이라는 차이가 있었다. 로봇을 인간으로 수용한 예는 전 행성을 통틀어 제로델이 최초였다.

에레나 마르는 제로델을 아들로 만들었다. 제로델은 왜곡된 방식으로 에레나 마르에게 도움을 주려 했는지도 몰랐다. 그는 몰리에르 백작에게 그 어떠한 폭력도 행사하지 않았다. 그러지 않고도 원하는 걸 얻을 수 있었으니까.

카이유와는 다른 부인들을 만나볼 필요를 느꼈다. 가드 공작은 다른 부인들과 달리 순순히 돈을 주려 하지 않았을 수도 있었다. 물론 다른 가능성도 존재했다. 가드 공작은 자존심이 강하다고 알려져 있었다. 그날 밤 제로렐이 공작의 심기를 거슬렀을지도 몰랐다. 그랬다면 어느 정도일까? 추방 혹은 폐기에 준하는 잘못일까, 아니면 부인이 사태를 과장했을까?

이 사태를 이성적으로 바라보는 사람도 있을 것이다. 어쩌면 피해를 당했노라고 고백할 사람이 또 있을지도 몰랐다. 그는 부인들 사회에서 영향력이 있는 인물을 떠올렸다.

비제 르브륀 공작부인은 빈곤에 시달리는 타행성을 위한 자선 바자회에 참석해서 집에 없었다. 르브륀 공작부인은 현명하고 올곧은 여인이었다. 남편 또한 강직한 성품으로 명성이 높았다. 르브룅 공작부인은 사교계의 사사로운 편 가르기에 끼지 않았다. 어쩌다 관여할 때는 중재를 위해서였으며 양측 모두 그녀의 판결에는 이의를 달지 않았다.

카이유와는 실망했지만 다시 방문하기로 하고 르브룅 가에서 비교적 가까운 곳에 위치한 몬타위 남작 저택으로 갔다.

몬타위 남작부인은 그를 경계하는 태세가 완연했다. 며칠 새 추기경이 부인들에게 항의를 멈춰줄 것을 요청하러 저택을 방문한다는 소문이 좍 퍼져 있었다. 카이유와는 새삼스레 이 결속을 깨기가 쉽지 않겠다는 걸 절감했다. 부인은 30분이 넘도록 날씨에 대한 이야기만 했다. 하지만 결국 먼저 지쳤다. 그녀는 더는 피할 방법이 없다는 듯 체념한 채 그에게 방문 목적을 물었다.

"그런데 어쩐 일로 오셨어요, 신부님?"

카이유와는 티 나지 않게 웃었다. 몬타위 남작부인은 감추려고 애쓰는 모습이 안쓰러울 만큼 속생각이 고스

란히 드러났다. 그녀는 짙은 붉은 머리를 다갈색 베일로 감싸고 단출한 실내복에 군청색 카디건을 걸쳤다. 몬타위 남작은 행성 유르베에서 드물게 소박한 삶을 추구하는 이로, 사람들이 의복이나 장신구에 시간과 돈을 쓰는 걸 질색했다. 몬타위 남작부인은 남편 손에 이끌려 자스민의 세례 축하 파티에 참석하고 끝까지 남아 있었던 몇 안 되는 부인 중 하나였다.

"부인께 안부를 전하고자 왔을 따름입니다."

카이유와는 빙그레 웃음 지었다. 몬타위 남작부인을 상대하는 건 어렵지 않았다. 그녀는 몰리에르 백작과 같은 말로 말문을 열었다.

"제로델은 절대 싫다는 사람을 희롱할 사람이 아니에요!"

카이유와는 이미 이야기를 들을 준비가 되어 있었다.

"저는 그이를 잘 알아요. 여러 번 만났으니까요."

그녀는 차라리 카이유와를 설득할 기회로 삼기로 한 듯 말을 쏟았다.

"젊은 시절 저는 연애가 잘 풀리지 않았어요. 제 애인들은 절 존중하지 않았죠. 친구들은 제가 지나치게 빨리 사랑에 빠지고, 상대에게 다 퍼주기 때문이래요. 그러면 상대가 쉽게 질리고 절 우습게 본다며 밀고 당기기를 하라고 했지만 전 그 말이 더 바보 같았어요. 나에게 잘해주는 사람은 나도 잘해주고 싶어지는 게 정상적인 사람 마음이지, 누가 잘해준다고 함부로 대하면, 그 사람이 나쁜 거잖아요. 오랜 시간 밀고 당기기를 해서 사랑에 빠졌는데 그 뒤에 상대가 돌변하면 오히려 더 크게 상처받지 않겠어요? 그래서 저는 좋아하는 사람에게는 무조건 잘해줬어요. 잠자리도 빨리 가졌죠. 잠자리야말로 그 사람의 본모습, 저에 대한 생각과 마음, 우리가 진짜 어떤 관계인지를 알게 해주거든요. 그런데 제가 남자 보는 눈이 없는 건지, 운이 나쁜 건지, 만나는 사람마다 어쩌면 그렇게 다들…."

몬타위 남작부인의 어조는 내용과 달리 담담했다. 지난 일로 여기는 태도였다.

"사랑에 빠지고 상처받고 울기를 반복하다 지쳤을 때 남편을 만났죠. 남편은 이전에 만났던 남자들과 달랐어요. 점잖고 차분하고 느렸죠. 첫 키스를 하는 데만 두 달이 걸렸으니까요. 저는 그 점에 반해서 그이에게 청혼했어요. 결혼한 뒤에도 그이는 저에게 늘 정중하고 한 번도 바람피운 적 없어요. 그건 좋은데…."

그녀는 긴 담배 연기 같은 한숨을 뿜었다.

"절 저속하다고 하셔도 어쩔 수 없어요. 남편과의 잠자리는 너무 너무 너무 너무 재미가 없어요. 낮에는 절대 안 되고, 직전에 꼭 샤워를 해야 하고…. 전 낮에 있던 일들을 시시콜콜 이야기하고 싶은데, 저에겐 그게 전희와 같은데 조용히 분위기를 맞춰야 하죠. 심지어 저는 이제 시작인데 남편은 돌아서서 자버려요. 어느 날 제가 조금 색다른 시도를 했더니 엄청나게 화를 냈어요. 그 뒤로 그냥 목석같이 누워만 있기로 했어요. 제가 너무 움직여도 성을 내며 그만두거든요."

카이유와는 부인의 눈이 꿈꾸듯 변하는 걸 보았다. 이

점도 몰리에르 백작과 같았다.

"그이는… 제가 마치… 오직 그를 위해 주어진 물건이라도 되는 듯이 대했어요. 오해하지 마세요. 절 거칠게 대했다는 게 아니라… 그이는 정말로 뜨거웠어요. 제 사소한 반응에도 민감하게 대응하며 제가 원하는 모든 걸 채워줬죠. 가끔 그이는… 제게… 그러니까… 정숙한 부인이라면 차마 할 수 없는, 그러나 언제나 상상 속에서 간절히 바라왔던 걸 요구하곤 했어요. 전 언제나 기쁘게 응했죠. 그이와 밤을 보내고 나면 흔적이 사라질 때까지 남편에게 몸이 안 좋다거나 하는 핑계를 대야 했어요."

"그건 그의 본질로 인함이 아닌가요?"

카이유와가 말했다. 인간을 뛰어넘는 오감을 가진 로봇이 만들어진 지 오래였다. 마르의 역작인 만큼 제로델은 체온과 맥박의 미세한 차이를 사람보다 훨씬 예민하게 감지해서 반응할 터였다.

"추방인가, 폐기인가의 문제를 말씀하시는 거죠? 그

이는 폐기되어서는 안 되고, 추방은 반드시 막을 겁니다!"

도전적으로 카이유와를 보며 몬타위가 물었다.

"신부님은 연인 간의 사랑을 아시나요?"

육체관계를 경험해 보았는지를 묻는 질문이었다. 카이유와의 종교는 성직자에게 순결을 요구했으며, 그가 열네 살에 성직자의 길을 걷기로 했다는 건 잘 알려진 사실이었다. 행성 유르베는 성직자에게 순결을 요구하는 걸 반대했으나 개인의 의사는 존중했다. 그가 서약을 지킨다는 건 모두가 아는 사실이었다. 카이유와는 부드러운 미소로 그 질문을 무례하게 받아들이지는 않겠다는 의사를 드러냈다.

"남편과 저는 흔히 가장 적당한 때라고 하는 3년을 연애하고 결혼했죠. 남편은 제 청혼을 받고 일주일 뒤에 답을 줬어요. 나중에 남편의 친구들이 말하길, 처음에는 제가 귀족들의 사교계에 들어오고 싶어서 자기에게 접근했다고 생각했대요. 다들 절 철없고 허영심이 강하다고 생각하죠. 아마 맞을 거예요. 남편도 그런 줄 알았는데 막상 만나다 보니 제가 작위에는 관심 없고 오로지 자기에게 진심이라는 걸 알게 되었대요. 전 그이가 바라는 이상향에서는 한참 거리가 떨어져 있지만, 제가 딱딱하던 자기의 삶에 활기를 불어넣어주더라고, 자신도 절 사랑한다는 걸 깨달았대요. 그래서 여자가 먼저 청혼했는데도 수락했다고 하더군요. 기가 막힌 소리였지만 청혼이 받아들여진 게 좋아서 따지지 않았어요.”

몬타위 남작부인은 어깨를 으쓱하고는 말을 이었다.

“사람을 사람으로 규정짓는 건 사랑이에요. 동물들은 종에 따라 짝짓기 시기에만 함께하거나 한 짝과 일생을 함께하죠. 그들의 사랑은 본능에 가까워요. 짝짓기 의식도 고정되어 있죠. 인간의 사랑은 복잡다단해요. 각 행성마다, 심지어 같은 행성 내에서도 지역별 문화나 종교에 따라 결혼과 임신 적령기, 결혼에 좋은 계절, 이상적인 결혼식의 모습이 달라요. 바람직한 체위를 학습시키는 곳도 있다니 말 다했죠. 유르베는 개인의 사적 영역을 최우선으로 존중하는 행성 중 하나예요. 다양한 사랑을 용인하죠. 그런데 남편은 여자는 이래야 한다, 남자는 이래야 한다, 부부는 이래야 한다는 틀에 갇혀 있어요.

제로델은 사랑에 경계를 두지 않아요. 경계 없는 사랑이야말로 진정한 사랑이라고 하지 않나요? 20년을 함께 살았는데도 남편은 제 욕망을 이해하려는 시도조차 하지 않아요. 사랑하는 상대와 서로의 육신을 통해 얻을 수 있는 커다란 기쁨을 외면해요. 이 몸을 낭비하고 있다고요! 필요하지 않다면 이렇게 복잡한 감각기관이 발달했을 리가 없잖아요? 제로델은 진정한 사랑을 알아요. 육체만으로는 절정에 오를 수 없어요. 그건 두 사람이 참된 마음으로 함께해야만 가능한 거예요. 감정에도 육체 이상으로 민감한 제로델이 누군가를 추행한다는 건 있을 수 없어요."

카이유와는 몬타위 남작부인이 설득력 있는 논리를 제시하며 반박하는 모습에 조금 놀랐다. 그녀는 60대인

데도 10대 소녀보다 철없어 보일 때가 많았다.

"남편은 제가 하는 말에 다 기계적이고 무성의하게 대답해요. 여인의 하찮은 수다로 여기죠. 제로델은 제 소소한 수다를 다 재밌게 들어줬어요. 남편이야말로 마지막 말에만 반응하는 인공지능처럼 군다고요."

"제로델에게 돈이나 귀금속을 주었나요?"

"아니요, 신부님. 그러지 않았어요."

카이유와가 안도할 새도 없이 몬타위 부인의 입에서 다음 말이 나왔다.

"전 그이에게 옷을 맞춰주곤 했어요. 제 단골 의상사는 입이 아주 무겁거든요. 남편은 절 꽉 잡고 있다고 생각하지만 사실은 아무것도 몰라요. 단지 절 꾸미지 못할 뿐이죠. 제로델의 탄력 있고 섬세한 몸매에 어울리는 옷을 입히고, 그 옷을 입고 나간 무도회에서 여인들의 시선을 사로잡는 모습을 보는 건 정말 근사한 일이었죠."

몬타위 부인은 숨을 깊게 들이마셨다.

"그이는, 정말 아름다웠어요."

카이유와를 정문까지 배웅하며 몬타위 부인은 아까와 유사한 말로 제로델이 석방되어야 한다고 그를 설득했다. 마지막에는 눈물까지 쏟으며 만에 하나라도 제로델이 폐기된다면, 자신은 가드 공작이 여는 어떠한 파티에도 참석치 않을 것이며, 자신도 공작을 초대하지 않을 것이라고 말했다. 카이유와가 케슬러에 대해서 묻자 그녀는 태연하게 말했다.

"당연히 케슬러 법무대신의 저택에도 가지 않을 거예요."

물론 힘없는 말이 덧붙기는 했다.

"남편이 가자고 하지 않는 한은요."

며칠 후 다시 찾아갔을 때도 르브뢴 공작부인을 만나지 못하자 카이유와는 부인이 자신을 피하는 건 아닌가 하는 의구심이 들었다. 그는 고민하다가 가장 많은 수의 편지를 보낸 부아예 후작가의 영양인 크리스틴 부아예를 만나러 갔다. 그녀는 마흔아홉 살로 미혼이었다.

집사 로봇이 카이유와를 작업실로 안내했다. 크리스틴은 헐렁한 바지에 셔츠 차림이었다.

"죄송해요, 추기경. 단장을 하려면 너무 오래 기다리시게 해야 해서 실례를 무릅쓰고 여기로 모셨습니다."

크리스틴은 장갑을 벗고 막 손만 씻은 상태였다.

"아닙니다, 크리스틴의 작업실을 방문하는 건 큰 기쁨인 걸요."

카이유와가 진심을 담아 말했다.

크리스틴은 조각가이자 설치미술가였다. 그녀는 유르베에서 재활용되지 않아 녹인 뒤 원재료로만 활용되는 0.1퍼센트의 물품을 사용해 인간과 기계, 자연과 기계를 모티브로 한 작품을 만들었다. 금속 부품으로 숲이나 나무와 꽃, 사람의 실루엣을 구현하거나 반대로 기계처럼 보이지만 가까이에서 보면 나무와 꽃이기도 했다. 어떤 작품이든 어느 악몽 속에나 나올 법한 음울하고 괴이한 느낌이었다.

시종 로봇이 다과를 가져왔다. 카이유와와 크리스틴

은 작업실 한쪽에 마련된 테이블에 마주 앉았다.

크리스틴은 자기 차례를 기다렸다는 듯 말문을 열었다. 덕분에 카이유와는 시간을 허비할 필요가 없었다.

"제로델이 그런 짓을 할 리가 없잖아요. 파렴치한 여자 같으니. 가드 공작은 제로델을 독차지하고 싶었던 거예요. 그게 뜻대로 안되니 억지를 부리는 거죠."

카이유와는 귀를 기울였다. 가드 공작에 대해 이런 이야기가 나온 건 처음이었다. 그러나 이어진 이야기에서 증거나 증인은 나오지 않았다. 좋게 말해 심증이고 사실상 비난에 가까웠다.

"케슬러 사법대신은 제로델에게 편견을 가지고 있어요. 제로델을 혐오하죠. 사람이 아닌데 사람인 척 돌아다닌다고 제로델을 소름끼쳐 했어요. 제로델은 영원히 산다며, 지금 만난 여인의 후손과도 관계할 거다, 운운하는데, 왜 일어나지도 않은 일을 앞서 염려하며 제로델을 부정적으로 보는 거죠?"

"케슬러 사법대신이 로봇을 혐오한다는 말씀이신가

요?"

"사법대신은 인공지능 혐오자예요. 인공지능을 두려 워하죠. 유르베는 인공지능의 관여 영역이 가장 높은 행성 중 하나예요. 케슬러 사법대신은 인공지능이 법집행 관까지 맡을까 염려해요. 가드 공작 사건이 생기자 안 그래도 눈엣가시이던 제로델을 제거할 기회라고 받아 들인 거예요. 하지만 제로델은 인간으로 인정받았어요! 0.999999… 무한은 1이듯, 한없이 인간에 가까운 존재 는 인간이다, 이게 제로델을 인간으로 수용하며 시민권 을 준 판결문의 골자였어요. 당시 열한 명의 사법위원 중 찬성이 아홉, 반대가 둘이었는데 케슬러 사법대신은 반대표를 던진 사람 중 하나죠. 편견을 가진 사람이 어 떻게 올바른 판결을 내리겠어요? 케슬러 사법대신은 자 신은 법과 절차를 지키려는데 사람들이 방해한다고 해요. 과연 그럴까요? 제로델에 대해 이야기할 때면 사법 대신은 예법을 내려놓자고 말해요. 예법은 유르베, 아니 인간이 만든 모든 사회의 본질입니다. 예법 바깥에서 진행하려 드는 자체가 편법이에요. 법과 절차를 제대로 밟지 않으려는 건 케슬러 사법대신이라고요. 이제라도 법집행관을 인공지능으로 바꿔야 해요. 저는 관련 법안 개정을 위해 서명을 받고 있어요. 분명히 말씀드리건대 제로델 때문만이 아니에요. 인간은 편견을 갖습니다. 인공지능에게는 편견이 없어요. 사법기관이 인공지능이었다면 진즉 무죄로 판결났을 겁니다."

"인공지능 또한 편견이 있습니다. 개발자의 편견이 반영되니까요. 인공지능이 편견이 없으리라는 편견이 인공지능의 판단을 지나치게 신뢰하게 만들어 더 큰 문제를 일으키죠. 그와 별개로 인공지능이었다고 무죄로 판결했으리라 확신할 수 없는 일이에요."

"인공지능이라면 적어도 제로델의 마음은 열었을 거예요. 사람들이 그의 말을 믿지 않으리라는 걸 알고 침묵하는 겁니다!"

"크리스틴, 난 그를 벌해야 한다고 주장하고자 온 게 아니에요. 단지 그에 대해서 알고 싶은 것뿐입니다."

카이유와는 말머리를 돌렸다.

크리스틴은 달아오른 감정을 가라앉혔다.

"케슬러 사법대신의 말이 맞다고 치죠. 전 절대 그럴 리 없다고 믿지만요. 성추행은 가해자의 의도가 있어야 가능한 행위입니다. 그러니 만에 하나라도 제로델이 성추행을 했다면, 자기 의지로 범죄를 저지를 수 있다면, 즉, 자기 의지가 있다면 인간입니다. 제로델을 인간으로 받아들여 시민권을 준 것도 행성 유르베의 법정에서 결정한 일이에요. 폐기라니요? 단어 자체가 부적합합니다."

"제로델을 만나셨나요?"

"제가 제로델과 잠자리를 했느냐고 물으신다면, 아니에요, 추기경. 저희는 그러지 않았어요."

그녀는 일부러 추기경이라는 호칭을 사용하고 있었다. 카이유와는 그보다 크리스틴이 너무나도 자연스럽게 '저희'라는 두 사람을 하나로 묶는 표현을 쓴 데에 주목했다.

"전 못생겼어요."

크리스틴이 불쑥 말했다.

"신이 창조하신 하늘 아래 아름답지 않은 것은 없습니다."

잔잔한 카이유와의 말에 크리스틴이 실소를 터뜨렸다.

"죄송해요, 신부님, 비웃으려는 건 아니었어요."

그녀의 입에서 비로소 신부님이라는 말이 나왔다. 사람들은 보통 그를 신부님이라고 불렀다. 그 자신도 추기경이라는 칭호보다 신부라고 불리기를 바랐다.

크리스틴이 한결 누그러진 말투로 말을 이었다.

"전 한 번도 남자의 관심을 끌어본 적이 없어요. 못생겼으니까요. 작년에 처음으로 혼담이 들어왔어요. 부모님 등쌀에 나갔는데 대뜸 왜 성형하지 않느냐고 묻더군요. 자기도 했다면서요. 타행성에서는 유르베가 아름다움에 과하게 집착한다고 해요. 저도 적극 동의해요. 저는 제 외모를 바꾸고 싶지 않아요. 그로 인해 비웃음과 의문의 대상이 되고 있지만요. 행성 유르베에서 성형수술, 하다못해 시술조차 받지 않은 사람은 모르긴 몰라도 저와 제로델 둘뿐일 거예요."

카이유와는 얼굴을 포함해서 전신 성형수술을 받았다.

카이유와의 고향 행성 유하는 행성 달루를 침공했다. 카이유와는 거기에 반대하며 행성 달루의 편에 서서 전장에 나갔다. 수십 년에 걸친 전쟁이 끝난 뒤 카이유와는 자신들 곁에 남아달라는 달루인들의 만류를 뿌리치고 떠났다.

그의 얼굴과 몸에는 지난 전쟁이 남긴 상흔이 있었다. 행성 유르베 행정부에서는 이주 신청을 한 그에게 종교지도자 자리를 제안하며 성형수술을 권유했다. 카이유와는 받아들였다. 거울을 볼 때마다 형벌처럼 감내해온 상흔을, 과거를 그만 떠나보내고 싶었다. 그는 흉터만 지우는 최소한의 수술을 원했다. 성형외과 의사는 흉터를 지우고 그의 말에 따르면 약간만 손질을 한 예시를 보여주었다. 성직의 길을 걸으며 꿈꾸었던, 인자하고 온화한 인상이 모니터에 나타났다. 지금 그의 얼굴이었다.

"지난겨울 왕비의 생일 파티 날이었어요. 파티에 나가면 왜 성형하지 않느냐는 질문에 시달려야 해서 가기 싫었지만, 사교 모임을 한 번 밖에 나가지 않아 남은 초대에 모두 응하거나 제가 파티를 열어야 할 상황이었죠. 예상대로 많은 부인들이 자기가 아는 성형외과 의사를 추천하기 시작하더군요. 성형하지 않겠다는 말을 입이 닳도록 했는데도…."

크리스틴이 아랫입술을 꼭 깨물자 고르고 정갈한 치아가 드러났다.

"아름다움이란, 뭘까요?"

그녀는 잠시 알 수 없는 곳을 바라보았다.

"제가 어려서부터 부모님은 자신들도 성형수술을 했다며 바라면 언제든지 해주겠다고 하셨죠. 저는 거부했어요. 친구들은 유행에 따라 외모를 바꿔왔죠. 피부색, 이목구비, 골격, 쌍까풀과 보조개 유무, 유행은 끝없이 바뀌고 또 돌아오죠. 거기에 매번 저 자신을 맞추기 싫었어요. 태어난 그대로 살아가기 바랐죠. 아무도 절 이해하지 못했어요. 고함이라도 지르고 싶은 찰나에 제로델이 저에게 다가와 잠시 이야기를 할 수 있겠느냐고 했죠. 그때까지만 해도 저는 제로델에게 아무 관심이 없었어요. 그저 이 자리를 피할 핑계가 생겼다는 데 안도했죠. 제로델은 이제라도 광산을 개발하고 싶다며 조언을 구하더군요.

유르베는 정착에 실패하는 사람이 전무하다시피하죠. 애초에 실패하기가 힘드니까요. 설사 정착금을 날리더라도 매달 참여 소득을 주잖아요. 그런데 마르 박사는 로봇을 제작비도 안 되는 가격에 팔아서 삶이 곤궁해진 거죠. 저는 그녀가 기술이 돈이 되는 상황을 회피했던 거라고 생각해요."

카이유와는 느리게 턱을 주억거렸다.

"광산 개발이야 매뉴얼 대로만 하면 되는 거죠. 제로델의 문제는 그럴 수 있는 기초 자금이 없다는 데 있었어요. 광산보다는 농지 개발이 더 저렴하고 빠르죠. 저는 그에게 돈이 되는 작물, 폐쇄적인 유르베와 계약의 물꼬를 트기 위해 소량이라도 작물을 구입하는 타행성 사업가를 소개해주었어요.

전 어려서부터 다른 행성의 제도와 문화에 관심이 많았거든요. 어느 결인가 본론에서 벗어나 온갖 이야기가 터져 나오기 시작했죠. 제 이야기를 진지하게 들어주는 사람은 처음이었어요. 그렇게 긴 시간 대화하는 동안 성형에 대한 이야기가 단 한 번도 나오지 않은 것도 처음이었죠."

크리스틴의 시선이 만들고 있는 설치물에 향했다. 금속 평면에 다양한 연령과 직업의 사람들을 돋을새김 했고, 사람들에게는 크고 작은 구멍을 뚫어 놓았다. 어떤 구멍은 거의 보이지 않았고 어떤 구멍은 그 자리에 사람이 있었다는 건 손끝이나 발끝으로 겨우 알 수 있을 만큼 컸다. 그 구멍에서부터 알 수 없는 형상들이 솟아나와 서로 얽히고설켜 있는데 최종 모습은 아직 미완성이었다. 그녀의 작품 중 가장 기괴한 미학을 담은 작품이었다.

"유르베의 첫 정착민들은 이곳을 유토피아로, 결핍이 없는 곳으로 만들고자 했어요. 하지만 어떤 환경에서도 사람들은 결핍을 느끼나 봐요. 저는 결핍을 구멍으로 표현했어요. 누구나 다 구멍이 있지만, 대부분 작아서 삶에 큰 영향을 미치지 않아요. 그러나 어떤 구멍은 너무 커서 사람을 잡아먹어요. 사람은 2차원이고 구멍은 3차원이기에 사람들은 서로의 구멍을 메워줄 수 없어요. 하지만 그 구멍에서 새로운 기술이, 과학이, 예술이 나와요. 저 작품은 그걸 표현한 거예요. 몇 번인가 전시회를 열었는데 다들 왜 굳이 흉물스럽게 만드느냐고 해요. 아름답게 만들 수도 있지 않느냐고요. 자격지심인지 묻는 사람도 있어요.

설사 제 외모가 지금과 달랐더라도 저는 예술작품을 만들었을 거예요. 하지만… 그래요, 형태는 달랐을 수도 있죠. 인간은 사회적인 동물이에요. 한 번도 예쁘다는 말을 들어보지 못한 사람, 고백은커녕 작은 추파조차 받아본 적 없는 사람이 자존감을 유지하는 건 어려운 일이에요. 저를 있는 그대로 사랑하기 위해 많은 노력을 쏟아야 했어요. 하지만 제 작품을 사랑하는 건 숨 쉬듯 자연스러웠어요. 제로델은 그걸 이해해줬어요. 덕분에 행성 지구13의 작가 발굴 프로젝트에 제 작품들의 홀로그램을 보낼 용기를 낼 수 있었어요. 올해 초대전에 초청받았죠."

크리스틴의 전신에 뿌듯함이 감돌았다.

"다른 귀부인들이 우릴 쳐다보는 걸 느낀 건 처음에 자리에 앉을 때와 대화를 마치고 일어날 때였어요. 정말로 이야기에 열중했었거든요. 이야기가 끝날 무렵 전 매우 흡족했어요. 누구나 탐내는 남자를 두 시간이나 붙들었던, 다시 오지 않을 행운에 감사했죠. 제가 적절히 인사하고 일어나려 하자 그가 말했어요.

'미뉴에트가 시작됐군요.'

제 귀를 의심했어요. 이 남자가 절 놀리려나 싶었죠.

제가 대답이 없자 그는 미안한 기색을 비치더니 이어 미소로 절 보내주려 했어요. 자신이 무례한 요청을 했다고 생각했나 봐요. 하기야 그는 왕비의 배려로 왕실 출입을 허락받았을 뿐 아무런 작위가 없고 전 어쨌든 후작의 딸이니까요. 그 순간 전 그의 손을 잡고 춤추는 대열에 합류했어요.

우린 연달아 세 곡을 추었죠. 제로델이 무도회장에서 한 사람과 세 곡을 연이어 춘 건 그날이 처음이자 마지막이에요. 모두들 저희를 지켜봤고 그날 이후 성형 이야기가 부쩍 줄어들더군요. 단언컨대 제가 제로델에게 우정을 느끼고, 마음을 나누는 벗으로 사랑하게 된 건, 그의 외형이 아닌 그와 나눈 대화로 인함이에요."

카이유와가 지금까지 만난 부인들에게 한 질문을 반복했다. 크리스틴은 기다렸다는 듯이 답했다.

"그에게 농지 개발 기초 키트를 사주고 싶다고 말했어요. 저도 그에 대해선 들은 게 있었거든요. 그날 밤 그의 가슴에서 빛나던 브로치는 몬… 어떤 귀부인이 해준 거라거나… 그래서 말했죠. 제가 선물하고 싶다고요. 그 말을 되돌릴 수만 있다면!"

크리스틴은 습관적으로 감추던 두 손을 올려 얼굴을 감싸며 괴로워했다.

"당연히 선선히 받을 줄 알았는데 그는 정말로 난처한 얼굴로 거절했어요. 전 부끄러웠어요. 절 친구로 대한 사람을 모욕했던 거예요. 저는 그에게 제발 사과할 기회를 달라고, 좋은 사업가를 소개 시켜주게만 해달라고 애원했죠."

시종 로봇이 새 차를 나왔다. 카이유와는 사양하지 않고 마시며 굳건히 뒷말을 기다렸다. 크리스틴은 부모님 손에 끌려와 억지로 고해성사를 하는 아이처럼 내키지 않는 태도로 말문을 열었다.

"농지 개발 키트 판매업자에게 미리 이야기를 해놨어요. 반값은 제가 치루겠다고. 그러나 그에겐 비밀로 해달라고요. 하지만, 신부님! 제발 믿어주세요! 그는 정말로 제가 사주는 걸 바라지 않았어요!"

"급히 큰돈을 마련하기 쉽지 않았을 텐데요."

크리스틴의 낯빛이 변했다. 그녀는 자신을 벼랑 끝으로 몰고 가는 사냥꾼을 보듯 카이유와를 쏘아보았으나 결국 실토했다.

"아버지께서 보태주셨어요. 그가 저와 또 춤을 춘다면 광산 개발 키트까지 사줘도 좋다고 하셨죠. 아버지는 제게 성형을 강요하지 않으세요. 사람들이 저에 대해 수군거리는 말들에 노여워하시죠."

크리스틴의 얼굴에 잎이 모두 떨어진 늦가을의 나무가 만들어내는 쓸쓸한 그늘이 졌다.

"제 평생 그날처럼 대화가 즐거웠던 순간은 없었어요. 앞으로도 오지 않겠죠. 유르베 사람들은 타행성에 대해서 관심이 없으니까요. 지금 세상을 만족하는 이들만 모여 있는 곳이니까요. 제로델은…."

계속 말해봐야 역효과만 난다는 걸 깨달은 크리스틴의 입이 다물렸다.

"농지 개발 기초 키트의 가격은 쉽게 찾을 수 있는 정보입니다. 그런데도 제로델이 자신이 너무 싸게 샀다고 생각하는 것 같진 않던가요? 조금도 이상하게 생각하는 기미 없이 판매업자가 부른 값을 그냥 치루던가요?"

말문이 막힌 크리스틴이 입만 벙긋댔다. 카이유와는 애초에 확신했던 일이었다. 그런데도 굳이 질문한 건 잔인한 일이 될지언정 크리스틴을 위해서였다.

기세등등하게 그를 맞이했을 때와 달리 잔뜩 풀 죽은 모습으로 일어선 크리스틴이 카이유와를 배웅했다. 하지만 카이유와가 문밖을 나서기 전 그녀는 반드시 이 말은 해야겠다는 듯 단호한 목소리로 그를 붙들었다.

"제 말을 믿지 못하셨군요. 어쩔 수 없죠. 그날 일은 두 사람 사이에만 있었던 거니까요. 그는 절 지적인 여성이라 생각하고 감탄하며 절 존중했어요. 제게 유르베를 떠날 용기를 주었죠. 행성 지구13에 간 뒤 정착할 만한 곳인지 면밀히 알아보려고 하거든요. 다른 행성에 간다고 해서 제 외모가 변하는 건 아니지만, 유르베의 정체된 세계에서 벗어나 무엇이든 제 힘으로 일구어 보고 싶다는 꿈을 실행에 옮기고자 결심하게 해줬어요. 친구들도 가족조차 못 해준 일이에요. 이 모든 것들은 그 사람의 눈빛과 작은 몸짓을 통해 오직 당사자만이 알 수 있는 거죠. 그걸 설명하는 것, 그것도 애초에 편견을 가진 사람을 납득시키는 건 불가능하다는 사실은 인정해요. 문제는 제로델이 아니라 사람에게 있으니까요. 제로델은 결단코 가드 공작을 추행하지 않았어요. 그럴 사람이 아니에요. 제 믿음은 허황된 거고 신부님의 믿음은 진실된 거라고 말하지 마세요. 따지자면 신부님은 열네 살 어린 나이에 결정한 거고 전 성인으로 판단한 거잖아요? 전 어떤 일이 있어도 제로델이 폐기나 추방되도록 내버려두지 않을 거고, 가드 공작을 용서하지도 않을 겁니다."

카이유와는 착잡한 심정으로 크리스틴의 집을 나왔다. 당차고 똑똑한 크리스틴마저도 강경하게 나오는 걸 보면 다른 부인들은 만나봐야 뻔할 것 같았다.

그의 예상은 적중했다. 부인들은 감정에 논리를 섞어

그를 설득했다. 어떤 이들은 눈물부터 쏟았고, 앓아누운 모습으로 맞이하거나, 노성부터 지르기도 했다. 비교적 차분한 톤을 유지하는 이들에게서 나온 말도 이제껏 들은 이야기의 반복이었다. 그들은 하나같이 제로델을 옹호했고, 가드 공작과 케슬러 법무대신에 대해서는 활화산 같은 노여움을 터뜨렸다.

사전에 모의를 한 듯 여인들은 폐기라는 단어는 입에도 올리지 않으며 제로델이 인간으로 판정받았다는 사실을 강조했다. 어떤 부인들은 체념 속에서 그나마 추방이 최선이라 여겼다. 그들은 제로델이 추방된 뒤 어떻게든 재시험을 쳐서 돌아오게 만들고자 했다.

현재로서는 법집행관을 인공지능으로 대체하는 건 요원한 일이었다. 인간 사회는 끊임없이 변했다. 사람들은 그 속에서 법망을 피하는 새로운 방법을 찾아내는데 탁월한 능력을 발휘했다. 인공지능은 이미 만들어진 법과 과거의 판결을 토대로 판결을 내렸다. 이는 평균 체형에 맞는 옷만 생산하는 것과 같았다. 인공지능은 각

사건 사이의 차이점, 각기 다른 상황과 입장, 새롭게 발생하는 문제를 따라잡지 못한다는 게 유르베를 포함한 거의 모든 행성에서의 기본 입장이었다.

이 일에 적극 관여하는 이들은 만여 명의 귀족들, 제로델의 튜링테스트에 참여한 300명과 소수의 일반인이었다. 제로델의 사건이 뉴스를 장식한다 해도 일반인에게는 가십거리에 가까웠다. 귀족은 드물기에 고가로 자리매김하는 보석처럼 눈에 띄는 영향력을 행사하지만, 투표할 때는 다른 시민과 동일하게 한 표만 행사할 수 있었다. 법집행관을 인공지능으로 대체하는 걸 찬성하는 사람은 적었고, 대부분 이 사건과 법집행관 문제 자체에 무관심했다.

난관이 거듭되는데도 카이유와는 이 일을 모두 납득할 수 있는 방식으로 해결할 방법을 찾으려는 노력을 멈추지 않았다.

행성 유하와 행성 달루의 전쟁에서 수십억 명의 사람이 사망했다. 수천억의 타행성인의 절대 다수가 그들에게 무관심했다. 한 명이든 백 명이든….

— 너도 거기에 사람들이 있다는 걸 알면서 밀어붙였잖아! 이제 와서 혼자 고결한 척하겠다고?

❦

또 다른 부인에게 논리와 저주로 점철된, 이제껏 귀에 못이 박히도록 들은 이야기를 반복해서 듣고 나오며 카이유와는 제로델과 성적인 관계를 맺거나 돈을 준 바 없는 이들을 만나야겠다고 생각했다.

제로델의 직속 상사였던 제이나는 혹시라도 말실수를 해서 제로델에게 좋지 못한 영향을 미칠까봐 껍질 속에 움츠린 거북이처럼 긴장하고 있었다. 그녀는 제로델이 성실하게 근무했으며 충실하고 유능한 교관이었다는 말만 반복했다.

행성 유르베는 평화로운 곳이었다. 근위병은 왕실 성벽을 타고 올라가는 담쟁이덩굴처럼 장식적인 요소였고, 그들이 도열하거나 전투 훈련하는 모습은 명절이나 각종 기념일에 열리는 행사의 일환이었다.

근위병은 대부분 로봇이었다. 근위대에 종사하는 인간은 근위병들이 행진하고 훈련하는 모습을 역동적으로 디자인하거나, 행사 일정을 짜는 일을 맡았다. 근위대 소속 인간은 보통 실패자로 분류되었다. 주어진 매뉴얼에 따라 관리하기만 해도 풍족하게 살 수 있는 유르베에서도 실패하는 이들이 있었다. 밥숟가락에 밥을 떠서 줘도 밥을 흘리듯 어떤 이들은 스스로 자신의 삶을 망쳤다.

제이나는 마흔 살에 유르베에 와 개척지와 정착금을 받았지만 실패했다. 실패한 이들은 참여 소득으로 살아가거나 인간이 필요한 자리에 취직해 수입을 늘렸다.

근위대에서 일하는 사람들의 처지는 대체로 비슷했다. 그들은 카이유와의 질문에 답하는 내내 팔짱을 끼거나 거리를 두고 서서 그에 대한 경계심을 보였다. 제로델에 대해서는 호의적이었다. 그들은 제로델이 사람들의 상태를 빠르게 파악해 컨디션이 좋지 않은 사람은 편한 자리에 배치했고, 어려운 자리도 공평하게 돌아가도록 세심하게 조율했다고 말했다.

갑작스레 아버지가 돌아가셔서 쩔쩔맸던 젊은 근위병은 제로델이 소리 없이 돈을 건네주고 장례식 내내 옆에서 자리를 지켜준 일을 이야기했다. 그는 이제 삼십대 중반이었다.

"아무에게도 제로델 훈련대장에게 도움을 받았다는 이야기를 못했습니다. 훈련대장도 바라지 않는 것 같았고요. 제로델 훈련대장은 인간입니다. 감정을 읽고 파악하고 배려하는데 인간이 아니라면 도대체 누가 인간이라는 겁니까?"

유르베에는 돈이 부족한 사람이 없기에 역으로 돈이 없다는 말을 하기 어려웠다. 얼마나 무능했기에 유르베에서 실패한단 말인가. 젊은 근위병은 자신이 그 시선들을 감수하고 제로델에게 도움을 받았다는 이야기를 했다면 그가 좋은 평가를 받아 혐의를 벗는데 조금이라도 일조했을지도 모른다는 생각에 심한 가책에 시달리고 있었다.

　이성에게 인기 있는 사람이 동성에게도 인기 있는 건 드문 일이었다. 특히 제로델같은 미형의 경우에는 더 그러했다. 그러나 그는 성별에 상관없이 상관에게는 신임 받고, 부하직원에게는 존경 받았으며 동료들에게도 긍정적인 평가를 받았다. 대부분 그의 여성 편력을 부러워하면 했지 비난하지는 않았다. 간혹 제로델에 대해 험담을 하는 자들도 있었지만 유념해야 할 수준은 아니었다. 무엇보다 그들은 모두 제로델을 인간으로 인식했다.

　한 근위병은 격앙된 어조로 말했다.

　"같이 있어 보셨다면 아실 겁니다. 폐기될지도 모른다는 말에 어리둥절했다가 뒤늦게 생각해냈을 정도예요. 전 제로델의 튜링테스터 중 한 명이었습니다. 제가 로봇이라 투표했던 이는 뮈세였습니다. 동문서답을 하더라고요. 신기한 게 그 뒤로 질문의 맥락을 이해하지 못하고 엉뚱한 답을 하는 사람들이 눈에 띄더군요.

　어쨌든 모든 튜링테스터가 제로델을 인간으로 인지

했습니다. 그럴싸하게 속인 거라는 주장이 있던데 그 정도로 속일 수 있다면 그건 진실인 겁니다. 제로델이 모든 감정에 대한 반응을 다 학습했을 뿐이다? 음성 언어, 몸짓 언어의 맥락과 의미에 대한 경우의 수를 다 만들어 그 경우에 대한 모든 반응을 사전에 입력해두는 건 행성 크기의 컴퓨터로도 불가능합니다. 마르 박사가 천재라 그 어려운 걸 해냈다? 그럼 이렇게 말씀드리죠. 사전이 있다고 타행성의 언어를 완벽하게 구사할 수 있습니까? 타행성의 언어를 완벽하게 구사한다는 건 그 언어를 할 줄 안다는 거고, 제로델이 인간으로 행동한다는 건 인간이라는 뜻입니다. 가드 공작은 신고 후 제대로 된 증언을 하지 않았습니다. 그런데 케슬러는 제로델을 유죄로 단정 짓고 있어요. 설령 우리가 제로델의 감쪽같은 연기에 속았다 한들 법으로 제로델을 인간으로 인정했습니다. 케슬러는 피고소인이 사람일 경우 해야 하는 절차를 무시하고 있어요. 제로델이 침묵하는 이유요? 말해 봐야 자기 말을 믿지 않으리라는 걸 아는 거죠! 최소한 법무대신 자리라도 인공지능으로 대체해야 합니다."

숨을 몰아쉰 그는 카이유와가 조금이라도 반박할 틈을 막겠다는 듯 빠르게 말을 쏟았다.

"근위병 로봇들과 사담을 나눌 때면 진짜 사람과 대화하는 착각이 들 때도 많아요. 특히 마르 박사가 투입한 로봇들이 그렇죠. 하지만 그들에게는 정해진 행동 패턴이 있어요. 기본적으로 사람의 말은 지시로 인식합니다. 쉬는 시간 내내 붙들고 제 할 말만 쏟아내도 결코 성가셔하지 않죠. 그러다 근무 시간이 되면 칼같이 복귀합니다. 제로델은 융통성이 있어요. 내키지 않을 때는 거절하고요. 제로델을 만나러 오는 부인들이 종종 있습니다. 마르 박사에게 도움이 될 제안을 하더라도 제로델은 상대가 자기 취향이 아니면 거절해요."

"취향이 아니면 거절한다?"

"그럼 달리 왜 거절하겠습니까?"

그는 답답한 듯 전자 담배를 몇 번 뿜어냈다.

"8과 B, 토마토와 사과 문제를 아십니까?"

"알고 있네."

인간은 유아 시절부터 구분하는 8과 B, 토마토와 사과를 인공지능은 구분하지 못했다.

"신입이 들어오면 제로델에게 제일 자주 내는 문제가 바로 그겁니다."

"제로델은 구분하나?"

"신부님도 그런 질문을 하십니까?"

그는 편향된 가치관을 가진 자를 보듯 못마땅한 눈초리를 했다.

"대부분 웃어넘기죠. 참고로 튜링테스트 전에 있던 기초 테스트에서 단 한 번의 실수도 없이 식별했습니다. 인공지능도 소설을 쓰고, 그림을 그리고, 작곡도 합니다. 하지만 그건 창작이 아닌 재구성이에요. 저소득 행성의 저임금 노동자들이 수동으로 입력시킨 무수히 많은 자료에서 뽑아내 재배열하는 거죠. 지나치게 잔혹하거나 성적인 텍스트와 이미지는 거르면서요. 인공지능은 성인용과 아동용을 스스로 구분하지 못하니까요. 아이용, 성인용 로봇을 따로 제작하는 이유죠. 제로델은 어린아이와 어른을 달리 대합니다. 무엇보다 제로델은 창의성이 있어요. 인공지능이 구성한 행사와 제로델이 구성한 행사는 다릅니다. 역동적이고 독창적이에요. 행사 영상을 보시고 직접 판단해보세요."

카이유와는 일부러 마지막으로 뮈세를 만났다. 그들은 뮈세의 작업장 응접실에서 대화했다. 시원시원한 이목구비의 준수한 청년 뮈세는 친구가 죽음을 목전에 두고 있는데 아무것도 하지 못하는 점에 고통받고 있었다. 그러면서도 그는 선뜻 입을 열지 않았다.

카이유와는 할 말이 없다면 일어나겠다는 뜻을 표했다. 그제야 뮈세의 입이 열렸다.

"제로델은 절대 싫다는 여자를 건드릴 사람이 아닙니다."

"몇몇 부인들이 그와 육체관계를 맺고 난 후 고가의 선물을 주었다는 걸 알고 있나?"

뮈세는 그게 뭐 어떠냐는 듯 어깨를 으쓱했다.

"에레나 마르 박사의 의료비용, 연구비용 등이 필요했을 수도 있지. 하지만 그게 다가 아니었어. 그는 멋쟁이였지. 항상 최신 유행하는 옷을 입었네. 그건 그의 수입으로는 불가능한 일이었어."

"그는 그런 것엔 일절 관심 없었습니다."

뮈세의 태도는 단호했다.

"관심이 없다면 왜 받았지?"

"궁정 출입을 하려면 필요했겠죠."

"그가 받은 건 필요 이상이었네."

뮈세는 잠시 멍한 얼굴을 하더니 말했다.

"케슬러가, 케슬러 사법대신이 제게 제로델을 수리하라고 하더군요. 그럼 폐기를 재고해보겠다고요. 맙소사…!"

뮈세의 화제는 중구난방으로 튀었다.

"까마득한 오래전에는 사람의 특정 정체성을 치료로 바꿀 수 있다고 생각했죠. 정신병이라고 말입니다. 지금 제로델을 수리하라는 건 그것과 같은 말입니다. 불가능해요! 케슬러 사법대신이 요즘 제로델을 고성능 성기능이 탑재된 섹스로이드에 불과하다고 언론 플레이를 한다죠?"

뮈세의 얼굴이 일그러졌다.

"섹스로이드라…. 섹스로이드에게 성별이 있습니까?"

카이유와는 침묵으로 그의 말을 경청하겠다는 뜻을 전했다.

"인간이 섹스로이드의 체형을 여성형, 남성형으로 만든 뒤 멋대로 여성으로, 남성으로 대할 뿐이죠. 섹스로이드는 스스로에 대한 정체성이 없어요. 같은 방식으로 학습시킨 같은 체형의 두 섹스로이드를 각기 다른 성별의 구매자에게 판매하기도 했습니다. 구매자도 섹스로이드도 불평하지 않았어요."

"제로델은 성 정체성이 있다는 건가?"

"제로델은 지능이 먼저 만들어졌습니다. 마르 박사님

의 도제가 된 뒤 저도 관여했죠. 전 최선을 다했습니다. 제로델은 인간의 역사와 유르베의 고유한 풍습까지 방대한 자료를 습득했고, 외형을 만들 때가 오자 자신의 성별을 남성으로 택했습니다."

뮈세는 이게 얼마나 중요한 의미인지 아느냐는 듯 카이유와를 응시했다.

"다만 외형은 자신이 결정하고 싶어 하지 않았죠. 외형을 자기 바람대로 가지고 태어나는 사람은 없으니까요. 저는 제로델에게 크고 강한 외형을 주고 싶었어요. 박사님은 날렵한 외형을 바랐습니다. 이건 도통 의견이 좁혀지지 않더군요. 결국 박사님이 제로델을 설득하셨죠. 머리를 염색하듯 자신의 외형을 손쉽게 바꾸는 시대니 제작 전에 택하나 제작 후에 바꾸나 마찬가지라고요. 이미 스스로의 성별을 택하지 않았느냐고도 하셨죠. 제로델은 그제야 동의하며 173센티미터의 키에 호리호리한 체형을 골랐습니다. 저보다 박사님을 가깝게 느껴서 박사님의 뜻대로 하는 건가 싶어 섭섭했습니다. 제가 왜 그 체형을 바라는지 묻자 큰 체형은 자칫 위협적으로 느껴진다며 그게 싫다고 하더군요. 너무 작은 키도 매력이 없다고 애걸복걸해서 177센티미터로 올리게 했습니다. 제 기술은 박사님의 발끝에도 미치지 못합니다만 단언컨대 제로델에 대한 애정은 박사님 이상이었습니다. 호되게 꾸지람을 들었을 정도죠."

"제로델의 취향을 남성으로 하고 싶어 했군."

"…네."

뮈세가 기어들어가는 목소리로 대답했다.

이후 긴 침묵이 흘렀으나 다시 이야기를 시작한 뒤로는 거침이 없었다. 내밀한 아픔이 드러난 뒤라 망설일 게 없어진 것이다.

"마르 박사님의 고향 행성은 전 행성 중 가장 자유로운 곳이라죠? 유르베도 거기에는 못 미친다더군요. 최근에는 자신보다 나이가 많은 사람을 자식으로 입적할 수 있도록 법을 개정해야 한다는 움직임이 일고 있답니다. 서로가 상대를 보호자와 피보호자로 인지한다는 이유로요. 나아가 법이 가족을 정의내리지 말고 시민이 선택한 가족을 가족으로 인정해야 한다는 주장과 법에서 가족을 정의하는 조항을 아예 삭제해야 한다는 주장이 맞서고 있다고요. 가장 자유로운 행성 중 하나인 유르베에서 나고 자란 저에게도 난해한 소리예요. 하지만 박사님은 거기서 자라셨죠. 제로델에게 무엇도 강요하고 싶어 하지 않으셨어요. 뭐든 스스로 결정하길 바라셨습니다. 한바탕 혼난 뒤에도 제가 욕심을 버리지 못하자 절내버려 두시더군요."

뒤세의 눈동자가 젖어 들었다.

"정체성은 타고나는 겁니다. 누가 가르칠 수 있는 게 아니에요. 박사님은 그걸 아시고 놔두기로 하셨던 겁니다. 제가 직접 겪고 깨닫게 지켜보신 거예요. 정말이지 쉽지 않은 일이었을 텐데…."

"제로델을 남성 취향으로 키우려던 자네의 의도와 달리, 제로델은 여성 취향이더란 말인가?"

"네."

뮈세의 목소리가 갈라졌다.

"제로델이 자신의 성별을 남성으로 택했을 때 진심으로 기뻤습니다. 제로델의 학습에 박사님과 제가 관여한 비율을 굳이 따지자면 3대 7입니다. 제가 훨씬 더 많은 시간을 쏟았는데도 제로델은 이성애자가 되었습니다."

부모가 자식을 오롯이 자신의 의도대로 키울 수 없듯 인공지능 또한 그러한 것인가? 카이유와는 곧바로 그 생각을 지웠다. 어떠한 편견도 갖지 말아야 했다.

"성적 취향은 고유의 본성입니다. 제로델은 절 친구로 사랑했죠. 어느 날 결국 제 마음을 고백했을 때⋯ 그는 조용히 절 포옹했습니다."

뮈세는 흐느끼며 말했다.

"제로델은 절 사랑합니다. 다만 그의 방향이 저에게 향하지 않는 거죠."

"마르 박사는 제로델이 여러 여인을 만난다는 걸 알고 있었나?"

"딱히 그 점에 대해서 이야기를 나눈 적은 없습니다.

하지만 한창 때의 젊은이에게 자연스러운 일로 여기셨을 겁니다. 여긴 유르베에요. 누구나 그 정도는 즐깁니다! 그 많은 파티가 왜 열리겠습니까? 저에게도 여러 파트너가 있었고, 9개월 만에 헤어졌지만 결혼도 했었죠. 제로델은 유행에 휩쓸리지 않으면서도 아름다운 자기만의 외형을 만들어냈어요. 짙은 갈색피부에 백금발이라니, 유르베에서 단 한 번도 유행한 적 없는 외형이에요."

뮈세는 제로델의 외모에 대한 찬사를 늘어놓았다. 인디언 핑크와 씨 핑크의 차이를 모르는 카이유와에게는 난해한 이야기였다.

"보통 여자 쪽에서 먼저 접근합니다. 제로델이 유혹한 게 아니에요!"

뮈세는 마른세수를 하고 말을 이었다.

"저는 로봇공학자였습니다만 박사님의 도제로 들어간 뒤 인공지능 전문가 자격도 받았죠. 친구나 애인 로봇 제작 의뢰도 자주 받습니다. 로봇을 친구나 애인 혹은 배우자처럼 사랑하는 이들이 있지요. 로봇이야말로 진정 마음을 나눌 수 있다고요. 사실은 일방적인 건데도요. 사람들은 로봇의 학습된 움직임과 반응에 자신의 상상력을 덧씌웁니다. 정지된 사진을 빨리 돌렸을 뿐인데 잔상이 남아서 움직이는 것처럼 착각하는 영화처럼 행복한 자기기만을 하는 거죠. 제로델은 다릅니다. 제로델은 단순히 상대의 행동이나 말에 반응하는 게 아니에요. 자신의 의지와 감정과 생각이 있습니다."

큰 숨을 한 번 토한 뮈세가 일어섰다.

"이만 가봐야 합니다. 저녁마다 마르 박사님께 들르고 있죠. 박사님이 제로델을 구상한 건 사교모임에 참석하지 않을 핑계를 위해서였습니다만, 만들며 점점 사랑하게 되셨죠. 제로델은 박사님의 아들이에요. 박사님은 저보다 더 많은 이야기를 들려주실 거예요."

"대화를 나눌 만한 상태인가?"

"가끔 정신이 돌아오실 때도 있습니다. 오늘이 그런 날이길 바라야죠."

제로델의 집은 정원조차 없이 벌판에 우뚝 서 있는 2층 건물이었다. 하지만 창문에는 고급스러운 커튼이 걸려 있었고 바닥에는 값비싼 양탄자가 깔려 있었으며 가구들은 호화로웠다. 일관성이 없게 꾸며진 걸 보면 그가 미처 만나지 못한 부인들이 있거나 만난 사람들이 모든 걸 이야기하지는 않은 듯했다.

카이유와를 본 간호사의 얼굴이 굳었다. 카이유와는 자신에게 냉담하게 구는 사람들에게 어느덧 익숙해졌음을 인지했다. 그는 언제 어디서든 환영받던 존재였다. 새삼 복잡한 기분이 몰아쳤다.

"박사님은 어떠세요?"

뮈세가 물었다.

"오늘은 내내 주무셨어요. 한참 좋아지고 계셨는데 제로델이 끌려간 후로 자리에서 일어나지도 못하시고…. 조금 전에도 응급 알람이 울려서 의사가 와 있어요."

뮈세가 무언가 말을 하기 전에 의사가 나왔다. 그녀는

카이유와를 보고 놀란 눈을 크게 뜨더니 뮈세를 향해 천천히 고개를 가로저었다.

"박사님!"

뮈세가 에르메 마르의 방으로 뛰어 들어갔다. 카이유와도 뒤를 따랐다. 침대에는 금방이라도 바스라질 것만 같은 노인이 복잡한 의료장치에 둘러싸여 누워 있었다.

"운명하셨습니다."

의사가 무겁게 말했다. 간호사가 쓰러지는 뮈세를 붙들었다.

🦅

카이유와는 밀린 일을 처리한다는 핑계로 관저에 틀어박혔다.

에레나 마르…. 행성 유하와 행성 달루의 전쟁에서 그녀가 만든 로봇들도 쓰였다. 마르 박사는 그걸 알고 있었을까? 나에 대해서도 알았을까?

몰랐기를 기대하기는 어려웠다.

그는 마르 박사 또한 자신처럼 척추 장애인이 혹 같은 뼈를 안고 살듯 죄책감을 이고 살았으리라 여겼다. 그러나 서로의 죄책감을 덜어줄 방법은 없었다. 만나봐야 고통과 회한만 주고받게 될 터였다. 적어도 카이유와는 그렇게 생각했고 이제 마르 박사의 입장을 확인할 방법은 없었다.

카이유와는 며칠을 기도실에서 보내다시피 했다. 복사들이 그의 건강을 염려하며 식사를 강권했다. 부드러운 스프가 쪼그라든 그의 위장을 부드럽게 펴 주었다.

금식은 집중과 충실함인가, 자해인가….

그의 마음이 아는 일이었다.

그는 옷을 갖춰 입었다. 제로델을 만나야 했다. 그때 복사가 와 르브뢴 공작부인이 그에게 방문을 청했다는 메시지를 전했다.

넓은 소파에서 왕처럼 앉아 있던 르브뢴 공작부인이

일어나 그의 반지에 입 맞추고 자리를 권했다. 하늘하늘한 드레스는 그녀의 육감적인 몸매를 여지없이 보여주었고 보기 좋게 살이 오른 뺨과 두툼한 턱이 위엄을 더했다. 여든이 넘었지만 그녀의 매력은 해가 갈수록 더하는 것 같았다.

"이렇게 직접 오시라고 해서 죄송합니다."

"별말씀을요. 저도 문안드리려던 참이었습니다."

카이유와는 덤덤히 인사를 주고받았다.

사건 초기에 그는 르브뢴 공작부인에게 기대를 걸었다. 왕을 포함해 모든 지위는 제비뽑기인데도 높은 지위일수록 많은 영향력을 행사했다. 유르베는 왕 혹은 여왕, 공작, 백작, 남작, 자작 순으로 지위가 높았다. 그리고 배우자는 비슷한 영향력을 발휘했다. 가드는 공작이고 르브뢴은 공작부인이었으나 유사한 지위였고, 둘 다각기 다른 매력과 카리스마로 사람들을 휘어잡았다.

그러나 르브뢴 공작부인을 마주한 지금, 카이유와는 그녀에게 아무것도 기대해서는 안 된다는 걸 알고 있었다. 그녀는 제로델의 추방을 막아야 한다는 강경론자로, 크리스틴에게 적극적으로 동조해 법집행관을 인공지능으로 대체해야 한다는 운동을 벌이고, 사회적 사망을 무기로 케슬러 법무대신을 제일 거세게 압박하는 사람 중 하나였다. 공작부인은 사람이 인공지능보다 변화하는 상황에 유연하게 대처한다는 근거가 없다, 학습형 인공지능이야말로 빠르게 정보를 습득해 현 상황에 맞는 적절한 판단을 내릴 수 있다, 사람이 편견을 깨는 것보다 인공지능의 편견을 수정하는 게 쉽다, 현재 인공지능의 한계를 뛰어넘는 인공지능의 개발 또한 얼마든지 가능하다, 제로델이 그 증거다, 라며 공세를 펼쳤다.

부인은 곱게 다듬어진 손끝을 잠시 바라보다가 결심한 듯 단도직입적으로 물었다.

"제로델을 살릴 방법은 정녕 없는 겁니까?"

케슬러가 다른 열 명의 사법위원에게 제로델을 폐기하자는 안을 설득하고 있었고, 과반수의 동의를 얻었다는 믿을만한 소식이 떠돌고 있었다. 그들이 케슬러에게 기운 건 법집행관을 인공지능으로 대체하자는 주장에 대한 반발로 인함이라고 했다.

"사법위원을 몇 명 만났죠. 제로델이 무고할 가능성을 염두에 두는 분들도 저희를 탓하더군요. 인공지능으로 법집행관을 대체하려고 하지만 않았어도 일이 이렇게 되지는 않았을 거라나요? 추기경도 그렇게 생각하시나요? 이건 옳은 일을 관철시키기 위한 싸움이었어요!"

르브뢴 공작부인의 질문은 노골적으로 카이유와의 과거를 찌르고 있었다. 카이유와는 그녀의 시선은 피하지 않았으나 이 자리에서 꼭 해야 할 말이 아닌 것까지 할 마음은 없었다.

"가드 공작은 만나 보셨나요?"

더 밀어붙여봐야 돌아올 게 없음을 인지한 공작부인이 본론으로 들어갔다.

"아니요, 연락드렸으나 방문을 받기에는 용태가 좋지 못하다는 의사의…."

"그래야겠죠. 그래야 할 겁니다. 다시는 사교계에 발

을 들여놓지 못할 테니까요."

르브뢴 공작부인의 목소리가 준엄한 선고처럼 울렸다. 카이유와는 단호한 태도를 풀지 않았던 부인들과 한 면담에 조금 지친 얼굴을 들었다.

"부인…."

"증인이라고는 가드 공작에게 고용된 하녀장 하나뿐이에요! 고용인이 고용주에게 불리한 증언을 할 수 있나요?"

"제로델은 일절 자기변호를 하지 않은 걸로 압니다."

"그런 사람이니까요."

르브뢴 공작부인은 단호하게 말했다.

카이유와는 맨몸으로 중무장한 군대 앞에 선 심정으로 입을 열었다.

"제가 만나 뵌 여러 숙녀들, 부인들 모두 제로델에게 돈을 준 것은 결단코 그가 원해서가 아니었다고 했습니다. 하지만 어쨌든 제로델은 돈을 받았습니다. 귀금속이나 사치한 옷, 신발이기도 했죠. 어떤 부인은 몰래 제로델의 집 벽난로를 수리해준 걸 자랑스럽게 이야기하시더군요. 그에게 감사 인사는 없었습니다. 그 부인은 제로델이 모르게 했기 때문이라고 했지만, 그가 누구인지 알았다 해서 감사를 표했을까요?

작년 여름, 사교계에서 잘 알려진 한 부부가 이혼을 했습니다. 제가 중재를 맡았는데 부군께서 정부가 있는 것까지는 상관없지만 정부에게 그렇게 많은 돈을 쏟아붓는 부인과는 살 수 없다고 하시더군요. 누굴 말씀드리는 건지 아실 겁니다."

"그래요, 그는 내 돈도 받아갔죠. 그는 제 정부이기도 했어요. 아니, 그에게 정부라는 표현은 어울리지 않아요. 그는 누구의 소유도 아니었어요. 단 한 순간도요. 추기경 말씀대로 그는 여인들이 그에게 돈이든 무엇이든 주고 싶어 한다는 걸 알고 있었어요. 하지만 부인들이 그에게 돈을 준 건 그를 위해서가 아니에요. 그건 모두 자기 자신을 위해서였어요. 제로델이 인간인가, 로봇인가 이전에 그는…."

숨을 한 번 들이켠 부인이 말했다.

"그는 이상적인 사랑, 변치 않는 사랑이었어요."

르브룅 공작부인의 말을 이해하지 못한 카이유와는 설명을 기다렸다.

"신부님께서는 사랑을 아시나요?"

몬타위 남작부인도 카이유와에게 유사한 질문을 했다. 남작부인은 육체의 사랑을 아는지 물은 거라면 르브룅 공작부인은 정신적인 의미에서 사랑을 물었다는 게 차이였다.

카이유와는 답을 듣기 위한 질문이 아니라 스스로 하고픈 말을 하기 위한 포석이라 여겨 대답하지 않았다. 뜻밖에 르브룅 공작부인은 답을 기다렸으나 카이유와가 침묵을 고수하자 물러섰다.

"사랑은 받을 때보다 줄 때 더 큰 행복을 안기죠. 여인들은 사랑할 사람이 필요했어요. 마음껏 사랑을 주고 싶어 했죠. 그는 물질을 받아간 것이 아니에요. 사랑을 받아들인 거죠."

"그건 돈을 주고 사랑을 샀다고 말씀하시는 건가요?"

르브룅 부인의 안색이 바뀌었다. 그녀는 억눌린 목소리로 말을 이었다.

"아니에요, 신부님. 그는 결코 소유할 수 없기에 완벽할 수 있는 사랑이었어요. 모든 사람의 연인이라는 전제하에 사랑하기에 결코 상처받지 않을 수 있는 사랑이었죠. 바라는 대로 얼마든지 동경하고 사랑할 수 있는 상대였어요. 우린 그를 위해 그저 뭐든지 해주고 싶었을 뿐이에요. 그가 받지 않았다면 그를 그토록 마음껏 사랑할 수 없었을 거예요."

"그렇습니다, 부인."

카이유와가 엄격하게 긍정했다.

"저와 전혀 다른 의미로 이해하시는군요."

"제로델이 가드 공작을 추행했다는 건 사실이 아닐 수도 있습니다. 하지만 그가 많은 부인들에게 사랑을 담보로 금품을 받아간 것은 분명한 사실입니다."

"그랬을지도 모르죠. 그게 죄인가요? 부인들이 자발

적으로 줬는데도요?"

"세속의 법은 제 관할이 아닙니다, 저는 다만….."

"그럼 신부님의 관할은 무엇인가요? 혹시 이건 신부님의 관할이 될 수 있나요?"

공작부인의 손이 어깨에 걸쳐진 드레스 자락을 밑으로 내렸다. 카이유와는 황급히 눈을 돌렸다.

"보세요, 신부님! 똑똑히 보시라고요!"

공작부인이 화살처럼 노성을 날렸다. 카이유와는 가만히 고개를 올렸다. 그의 입에서 낮은 신음이 새어 나왔다. 공작부인의 어깨와 젖가슴에 시커먼 멍이 들어 있었다.

"제 남편은 알려진 대로 공명정대한 사람이죠. 술을 마시지 않았을 때는요."

드레스를 바로 잡은 부인이 입술을 짓씹었다.

"그래요, 우린 돈을 주고 그의 사랑을 샀을지도 모르죠. 그럼 안 되나요? 그게 죄가 되나요? 그는 제 돈을 가져갔을지는 몰라도 단 한 순간도 절 상처 입히지는 않았어요. 폭언을 퍼붓지도, 폭력을 휘두르지도, 꼬냑 병을 사용하지도 않았죠."

르브룅 공작부인은 눈물이 흐르는 대로 내버려두었다.

"행성 유르베는 단 한 명의 배우자만 둘 수 있으나 일탈에 비교적 너그럽죠. 결혼한 뒤에도 애인을 만드는 건 흔한 일이에요. 하지만 제겐 남편이 유일했죠. 바로 그 이유로 사람들은 절 정숙하다고 해요. 아니요, 전 만들 수가 없을 뿐이에요. 비제 르브룅 공작부인이 정의롭기로 이름난 공작에게 학대받으며 산다는 걸 누구에게 말한단 말이에요? 가장 모범적인 부부로 알려진 우리의 진짜 모습이 드러나면 사람들의 반응이 어떨 것 같으세요? 겉으로는 동정하는 척하며 속으로는 고소해할 겁니다. 그게 사람들의, 암투와 모략이 판을 치는 귀족 사교계의 실상이니까요. 절 위로해 준 이는 제로델뿐이었어요.

그와 밤을 보내게 되었을 때 저는 불을 모두 끌 것을

요구했어요. 장대비가 쏟아지던 날이었는데 새벽녘이 되자 비구름이 걷히는 거예요. 전 창문으로 빛이 들어올까 봐 겁에 질렸죠. 자는 줄 알았던 제로델이 일어나 커튼을 쳤어요. 그리고 아무 일 없다는 듯 다시 제 품에 안겼죠. 아침에 제가 무드등에 의지해서 옷을 입는 동안 그는 여전히 자고 있었어요. 어쨌든 절 보지는 않았죠. 그가 제 몸의 상처를 알고 배려했던 걸까요? 네, 전 그랬다고 생각해요. 바로 얼마 전 다친 곳에 그의 손이 닿으면 저도 모르게 움츠러들었고 그는 그런 걸 놓칠 사람이 아니었으니까요. 하지만 그가 알든 몰랐든 중요한 건 그게 아니에요. 중요한 건 그가 제가 알몸을 보이길 저어한다는 걸 알고, 그걸 배려해줬다는 거죠. 왜 그러냐고 묻지도, 일부러 배려해주는 걸 과시하지도 않았어요. 잠자리란 본디 그처럼 편안하고 감미로워야 하는 건데 완전히 잊고 있었어요.

네, 전 아마도 신부님의 상상보다 훨씬 많은 돈을 그에게 줬을 거예요. 며칠 후 그가 새 옷을 맞추고 온 걸 보고 그에게 옷을 사 준 다른 여인들처럼 가슴이 벅찼죠. 그게 왜 죄가 되죠? 제가 얼마나 오랫동안 남편이 죽기 바라 왔는지 아세요? 그에게 술을 따라주며 혹시 이 술을 마시고 계단에서 구르진 않을까, 사냥터에서 사고라도 생기진 않을까…. 절 살인미수로 고발하실 건가요?"

그믐밤의 어둠처럼 무거운 정적이 응접실에 내려앉았다. 공작부인은 어둠 속에서 횃불을 밝혀 앞으로 나아가듯 용맹하게 말을 이었다.

"케슬러 사법대신이 왜 제로델을 폐기하자고 주장할까요? 제로델을 인간으로 본다면 추방형을 내려야 하는데 그럴 경우 그에게 이주할 행성을 찾을 기본 시간과 최소한의 정착비를 주어야 하기 때문이죠. 그녀는 이 일을 오래 끌기 싫은 겁니다. 행성 유르베에서는 복잡한 재판이 잘 열리지 않으니까요. 편하게 일하다 어려운 일을 하자니 성가신 거죠. 마르 박사가 죽어 제로델에게는 최소한의 보호자마저 사라졌어요. 폐기가 추방보다 쉽기에 폐기로 결정된 겁니다. 그러나 제로델은 인간이에요. 행성 유르베에는 사형 제도가 없습니다!"

"에레나 마르 박사는 사교모임을 번거로워했죠. 그녀는 제로델을 만들며 사교계를 관할하는 여인들의 마음을 사로잡도록 프로그래밍했고 제로델은 프로그램대로 행동했을 뿐입니다."

"그 말씀대로라면 그에게는 폭력성이 프로그래밍되어 있지 않았을 테고 따라서 가드 공작을 추행하지 않았으니 공작이 거짓말을 한다는 겁니다. 그에게 인간처럼 잔인하고 폭력적인 속성이 있다면 그는 인간이니 폐기해서는 안 됩니다."

"죄송하지만 다소 비약은 아닐지요."

"진짜 잔혹한 건 인간이란 말이에요! 그가 빛날 때는 인간으로 인정하다가 성가셔지자 폐기로 결정지은 건 누구죠? 대관절 인간의 잔혹성은 누가, 언제 프로그래밍한 거죠?"

카이유와는 오래전 행성 달루를 떠나기로 결심했을 때처럼 이 일이 자신의 손을 완전히 떠나가는 걸 느꼈다. 더 이상 그가 할 수 있는 일이 없었다. 기껏해야 이 일이 행성 유르베에 미칠 후폭풍을 최소화하는 정도일 것이다. 그마저도 가능할지 장담할 수 없었다.

르브뢴은 카이유와의 눈에서 체념을 읽었다. 그녀의 얼굴에서 핏기가 가셨다. 그녀는 카이유와가 케슬러 사법대신, 사법위원들, 가드 공작을 설득할 수 있는 유일한 희망이라 믿었다. 그가 제로델 쪽으로 마음이 기울기만 한다면 말이다.

"이 일이 터진 뒤 인공지능을 학습시키는 법을 공부했어요. 아이들을 키우고 가르치는 법과 비슷하더군요."

르브뢴이 침착해지려 안간힘을 쓰며 다시 말을 시작했다.

"케슬러 사법대신은 제로델이 모방을 통해 학습했을 뿐이라고 하죠. 인간은 모방을 통해 학습하지 않나요? 아이들은 손위 형제자매와 부모, 선생을 따라하며 자랍니다. 유년기 전에 적절한 교육을 받지 못하고 방치

된 아이는 언어와 사회 제도를 익히기 어려워하지요. 불가능하다는 주장도 있어요. 인간이야말로 모방과 학습을 통해 인간으로 자랍니다. 사람의 성격, 가치관 등등을 통합해서 말하는 인격은 타고나는 본성이 아니에요. 자신이 나고 자란 환경, 문화에 따라서 형성됩니다. 시대에 따라서도 달라지지요. 좋은 여자란 나서지 않는 여자, 남자의 뜻을 맹목적으로 믿고 따라주는 존재를 뜻할 때도 있었죠. 현대에 이르러서도 일부다처제를 권장하는 행성들이 존재해요. 대가족으로 사는 행성도, 아이들이 성인이 되면 독립하는 게 당연한 행성도 있어요. 각 행성인들은 자신들의 제도가 가장 발전된 형태라 여기고 그에 따른 가치관을 갖죠.

케슬러 사법대신은 제로델이 표현하는 사랑이 학습된 것에 불과하다고 하는데요. 사랑은 본디 학습되는 겁니다. 구애하는 법, 로맨틱한 말과 행동 모두 크게는 각 행성의 문화마다, 작게는 도시나 가족, 개인 단위로 천차만별입니다. 어느 행성에서는 낭만적인 행동이 다른 행성에서는 무례한 행동이기도 해요. 어떻든 기본은 자라오며 겪은 환경과 교육에 의해 학습되는 거라고요. 제로델이 학습 받은 건 어린아이가 성인으로 자랄 때 받는 교육과 같은 겁니다. 제로델의 몸이 기계로 이루어졌다고 해서 사랑을 모른다고 멋대로 단정 짓지 마세요. 사랑할 수 있다면 인간입니다."

"언행은 학습될 수 있습니다."

"사랑의 본질, 진정 사랑을 아는가가 관건인가요? 그럼 이렇게 여쭙지요. 사람은 사랑을 알까요? 제 남편은 사랑을 알까요? 술이 깨고 나면 무릎을 꿇고 통곡하며 제게 용서해달라고 절 사랑한다고 자기를 떠나면 안 된다고 애걸해요. 그런데 이게⋯."

르브뢴이 자신의 몸을 가리켰다.

"사랑하는 사람에게 할 수 있는 행위인가요? 이런 짓을 하면서도 입으로만 사랑한다고 하면, 그가 인간의 몸에서 태어나 인간의 유전자를 가지고 있다는 이유로 사랑을 아는 건가요? 겨자씨만큼이라도 진정한 사랑이 있다면 남편이 절 이리 대할까요? 저는 어떨까요? 저는 사랑을 알까요? 겨자씨만큼이라도 진정 나 자신을 존중한다면 저 자신을 이리 방치할까요? 제게 고통만을 안기는 남자를 떠나지 못하는 이유가 뭐죠? 단언컨대 남편을 사랑해서는 아닙니다."

그녀는 히스테릭하게 웃었다. 답은 그녀 자신이 누구보다도 잘 알고 있었다.

"보편적으로 연인 간의 사랑은 한 사람에게 향한다고들 하지요."

"일평생 한 사람만을 사랑하는 사람이 세상에 몇이나 될까요? 많은 이들이 작별과 새로운 사랑을 경험합니다. 영원하지 않으면 사랑이 아닌가요? 사랑은 한순간에도 이루어질 수 있는 겁니다. 제가 제로델과 함께한 건 단 한 번뿐이에요. 다른 이를 만난다는 게 알려질까 두려웠거든요. 그러나 단 하룻밤일지라도 사랑이었습니다. 그가 여러 여인을 만나는 거요? 그는 자신의 마음에 충실하게 살고 있을 뿐이에요. 자유의지를 마음껏 누리고 있는 겁니다. 저는 어떨까요?

　남편이 공작위에 당첨되어 제가 공작부인이 된 지 3~4년 정도 되었을 때니 벌써 30년은 되었군요. 한 남자가 제게 진지하게 구애했어요. 남편이 겉보기와 다른 점이 있는 걸 간파한 이였죠. 전 거절했습니다. 당시 저는 몇몇 사회적 분쟁을 해결하며 명망을 얻어가고 있었거든요. 공작부인이라는 이름, 사람들에게 받는 찬사와 존경을 놓지 못해서 그 사람을 보냈어요. 겉보기로만 그럴싸하게 사는 이 삶이 제 영혼을 갉아먹는 걸 알면서도 내 삶이 거짓임을 만천하에 공표하기 싫어서, 저 자신부터 인정하지 못해서 주저앉아 있죠. 제로델은 저처럼 어리석은 결정을 하지 않을 겁니다. 그는 삶의 의미를 아니까요. 저는 알까요?"

　르브뢴은 얼굴을 흥건하게 적신 눈물을 닦았다.

　"남편이 이 일에서 그만 손을 떼라고 하더군요. '그깟 섹스로이드 때문에' 뭐하는 짓이냐고요. 그 순간 제가 붙들고 있는 것들, 명예, 체면, 명성, 그따위 것들이 얼마나 허망한지 또렷하게 보이더군요. 남편에게 나가라고 했습니다. 지금 당장 나가면 그간 한 짓들을 고소하지는 않겠다고 했습니다. 하지만 1분이라도 머물고 한 음절이라도 소리를 내면 바로 신고할 거라고요. 나가더군요. 그 허상에 불과한 것들 때문에 고작 저런 남자와 헤어지지 못하는 절 미워하지 않기 위해 안간힘을 쓰고 있죠."

카이유와는 보수적인 행성에서 자랐으며 이혼을 금하는 엄격한 교단에 속해 있었다. 그는 오래도록 잊고 있던 고향의 문화가 자신에게 말하는 소리가 들려 조금 당황했다. 그러나 그걸 입으로 옮기지는 않았다. 그는 그때와 같은 사람이 아니었고 르브륀은 지금 그에게 상담하고 있는 게 아니었다. 그녀는 자신의 문제와 해결법을 알고 있었다. 결단을 내리고 실행에 옮길 용기가 필요할 따름이었다.

"유르베 바깥에서는 유르베의 왕정제를 시대착오적인 신분제, 시대에 역행하는 일반인들에 대한 착취로 여기죠. 유일한 삶을 헛된 일에 낭비하며 스스로를 수탈하는 건 귀족들인데 말이에요."

르브뢴의 입가에 자조적인 웃음이 스쳤다.

카이유와는 르브뢴의 감정이 강물처럼 흘러가기를 기다렸다가 입을 열었다.

"감정에는 긍정적인 것만 존재하지 않습니다. 누구도 제로델이 화를 내는 모습을 본 적이 없어요."

"그건 신부님도 마찬가지 아닌가요?"

"설마 제가 화를 낸 적이 없다고 믿으시는 건 아니죠?"

"적어도 행성 유르베에 정착한 뒤로는 한 번도 없죠."

"제가 지금의 평온을 얻기까지는 긴 과정이 있었습니다."

이 일을 맡은 이래 처음으로 카이유와가 감정을 드러내며 반박했다. 르브뢴의 얼굴에 승리자의 미소가 스쳤다.

"신부님은 설마 제로델에게는 어떠한 과정도 없었으리라 단정 지으시나요? 평온은 신부님처럼 극적인 일을 겪고 극복한 사람만이 받을 수 있는 특권인가요? 그렇게 생각하신다면 그건 오만입니다. 많은 이들이 부유하고 평화로운 유르베의 삶을 동경하지만 세상 그 어디든 삶에는 필연적으로 굴곡이 따릅니다. 제로델은 선천적으로 온화한 겁니다. 선천적으로 격정적인 사람이 있듯 온화한 사람도 있는 거예요. 제로델이 화를 내는 모습을 목격한 이가 없다는 게 그가 사람이 아니라는 뜻이 아니에요! 제로델은 매순간 진실했어요. 적어도 제로델을 직접 만나보시고 판단하셔야 하는 거 아닌가요?"

"만나볼 생각입니다."

이날 대화는 양자에게 깊은 피로를 안기며 종결되었다. 행성 유르베에 온 후 카이유와에게는 처음 찾아온 어두운 감정이었다.

관저로 돌아온 카이유와는 큰 결심이라도 하듯 찬장을 열었다. 전임자가 남긴 술이 들어 있었다. 카이유와는 그에게는 낯선 형태인 호리병과 소스 그릇처럼 낮고 넓적한 도자기 잔을 꺼냈다. 호리병의 뚜껑을 열자 독한

향이 훅 올라왔다. 40도는 족히 넘을 듯했다. 카이유와의 종교는 과음은 엄금했으되 금주를 못 박지는 않았다. 다만 그 자신이 술을 피해왔다. 술은 지나치게 편리한 도피처였으며, 그는 과음이 일으키는 크고 작고 치명적인 문제를 숱하게 봐왔다. 직전에도 목도했다. 이어 필연처럼 그가 마지막으로 술을 마신 날이, 목구멍으로 넘어가던 향긋한 알코올이 준 쾌감이, 해묵은 고통이, 일생을 속죄해도 모자랄, 그가 짊어지고 살아야 하는 죄가 그를 잠식했다.

카이유와가 술을 놔둔 건 전임자가 묵힐수록 좋아지는 술이니 술을 금하는 종파일지라도 버리지는 말아 달라는 유언을 남겼기 때문이었다. 행성 유르베는 종교 지도자라는 이름으로 분쟁을 중재할 이를 한 명씩 두었는데 종파는 관여하지 않았다. 종교 행사는 장려했으나 직접적인 전도는 금지했다.

그가 이주할 행성을 찾을 무렵, 유르베에서 새 종교 지도자를 찾고 있었다. 그 이전 종교 지도자는 그와는 완전히 다른 형태의 종교인으로, 자기 교파의 비리를 고발하고 개혁하려 싸우다 파문되었다고 했다.

종교 지도자 자리를 바라지 않았다. 그러나 유르베는 인구수를 유지하는지라 특별한 기술이 있는 경우를 제외하고는 결원이 생겨야 들어갈 수 있었다. 카이유와는 유르베에 이주하기 위해 그 지위를 받아야 한다면 그러겠다고 대답했다. 여러 지원자 중 그가 발탁된 건 전임자와 다른 온화함 때문이었다. 전임자는 옳고 그름에 대쪽 같았으며 불같은 성미였다고 했다. 그렇다고 편향된 가치관을 가진 이는 아니었다. 그런 이는 애초에 유르베에 입주하기 위한 테스트를 통과할 수 없었다.

카이유와는 술병을 도로 넣었다.

인간이 할 수 있는 일은 한계가 있다. 다만 최선을 다할 뿐이다. 중재는 불가능함을 수용해야 할 때였다. 제로렐이 폐기되고 나면 법집행관과 귀족들 사이에 치열한 싸움이 벌어지게 될 터였다. 제로렐을 만든 이도, 지키려는 이도, 파괴하려는 이도 같은 인간이라는 범주 안에 묶였다. 제로델의 실체를 무어라 규정하든 간에, 결론과 결론에 이르게 된 과정이 카이유와의 마음을 아프게 짓이겼다.

그는 숨구멍을 틔우듯 창문을 활짝 열었다. 세 개의 달이 모두 구름에 가려져 밤하늘은 짙은 어둠으로 덮여 있었다. 환영처럼 밤하늘이 붉게 타올랐다. 백만 명이 살던 도시에서 살아남은 사람은 서른 명이 채 되지 않았다. 그는 아홉 살 아이를 품에 안고 도시를 나왔다. 아이는 그의 품에서 절규했다.

— 우릴 공격한 행성을 불태울 거예요! 거기 사람들을 다 산 채로 태워 죽여버릴 거예요! 단 한 명도 살려두지 않을 거예요!

57년간 계속된 전쟁이었다. 10년 후 아이는 꿈을 이뤘다. 아이는 카이유와의 고향이자, 아이의 행성을 침략한 행성 유하에 폭격기를 타고 출격했다. 무인 전투기는 피차 방해 전파를 사용해 쓰기 어려웠다. 어느 시점부터 사람이 타는 구형 폭격기가 사용되었다.

사람의 사랑은 신과 달리 공평할 수 없었다. 그가 구한 아이였다. 카이유와는 아이가 무사히 귀환하기를 마음을 다해 기도했다. 발달한 기술이 폭격기가 가는 경로와 위험을 상황실 모니터에 띄웠다. 아이의 폭격기는 용케 요격을 피해 목적지인 군수물자 수송에 쓰이는 공항에 도착해 임무를 완수했다.

카이유와는 두 주먹을 치켜 올리며 환호성을 질렀다. 상황실에 있던 모두가 기쁨에 겨워 자축했다. 누군가가 와인을 돌렸다. 카이유와는 와인과 어울리지 않는 투박한 금속 컵에 담긴 붉은 술을 넘겼다. 한여름에 폭포 아래 들어간 듯 짜릿했다. 상황실 모니터에 뉴스가 떴다. 경기 종료 직전에 역전 골을 넣은 행성 대표 축구팀을 향해 열광하는 스포츠 해설자처럼 흥분한 아나운서가 현 상황을 중계했다. 이어 생생한 폭격 현장과 성공을 자축하는 상황실, 축배를 드는 행성 달루 시민들의 모습이 화면을 채웠다. 공항이 파괴되고 도로가 꺼지고 비행기가 폭발하고 검은 연기가 피어올랐다. 일반인 또한 사용하던 공항이었다. 나뒹구는 가방, 혼비백산한 사람들, 울부짖는 어린아이, 쓰러진 노인들, 머리에 리본을 묶은 강아지들이 재가 되었다. 행성 달루의 곳곳에서 아이, 성인, 노인 할 것 없이 펄쩍펄쩍 뛰며 기뻐하는 모습과 직접 작전에 나간 순간순간이 만든 흉터로 인해 기괴해 보이는 웃음을 띤 카이유와의 얼굴이 파괴와 살육의 현장에 겹쳐 나왔다. 그의 얼굴에서 웃음이 사라졌다.

아홉 살 아이가 열아홉 살이 되어 출격한 부대는 돌아오던 길에 전멸했다.

전쟁을, 이 미친 짓을 끝내야 했다. 민간인을 포함한 사망자가 이미 30억에 달했다.

사령관실로 통하는 긴 복도를 걸으며 그는 지난 60여 년을 헤아렸다. 나고 자랐기에 당연한 일로 사랑한 그의 고향, 행성 유하가 행성 달루를 침공했다. 카이유와는 침공 전부터 있던 모든 조짐과 명분에 열렬히 반대했으나 기어이 공격이 시작되었다. 그는 행성 달루로 갔고, 그의 성직은 박탈되었다.

카이유와는 행성 달루에서 자신이 정치적으로 이용됨을 인지했으나 전쟁을 끝내기 위해서라면 감수해야 한다고 받아들였다. 다만 행성 달루에서 제안한 성직은 거절했다. 자신이 하는 일에 따르는 상실을 감내하고 그 어떠한 대가도 받지 않으리라 다짐했었다. 그때 그는 젊었고 피는 뜨거웠다.

행성 달루의 사령관 또한 젊었다. 전쟁 초반 행성 유하의 예상을 뛰어넘는 강공, 전쟁 전부터 행한 요인 암살 공격 등으로 사령관을 포함한 많은 장교들이 사망한 탓이었다.

카이유와는 머리가 모두 하얗게 세어버린 지금도, 예기치 못했던 사령관의 복식을 갖춘 채 회의실로 들어오던 젊은이의 모습을 선명하게 떠올릴 수 있었다. 두려움에 떨던 목소리, 결의에 차 있던 눈빛, 허둥대던 몸짓…. 그때 그는 얼마나 아름다웠던가….

전쟁은 많은 이들에게 그들이 몰랐던, 몰라야 했던 재능을 수면 위로 띄웠다. 카이유와와 사령관은 둘 다 전쟁에 탁월한 재능이 있었다.

공격에 대한 방어. 방어를 위한 공격. 공격을 위한 공격. 고뇌에 찬 매순간 그를 향하던 찬란한 얼굴….

사령관과 그는 서로의 마음을 알았으나 억눌렀다. 피차 자기 자신에게조차 외면하며 극도로 주의했다.

행성 유하는 가장 보수적인, 어떤 의미로는 편향된 가치관을 중시하는 행성 중 하나로 혼전, 혼외, 동성 관계를 모두 엄금했다. 아주 어린 시절부터 카이유와는 성직을 운명으로 여겼다. 설령 그의 마음이 이성에게 향했더라도 육체관계가 금지된 성직자의 길에 들어서는 걸 주저하지 않았을 것이나, 성직이 그의 고뇌를 내려놓을 수 있는, 어느 면 편리하고 또한 아름다운 해답이 되어주리라는 점 또한 인식하고 있었다. 행성 달루와 행성 유하는 많은 면에서 닮은 꼴이었다.

매일 수천, 수만 명이 죽어가고 있었다. 사치스러운 고민에 빠질 때가 아니었다. 다만 마음으로 품었다. 존재만으로도 위안이 되어 주었다.

사령관을 만나기 전 카이유와는 일생 진정으로 마음에 담는 이가 생기는 일은 없으리라고 자신했었다. 닿고 싶었다. 닿아서는 안 되었다. 그를 원하는 마음이 커질수록 서약을 지키고 있는 자신에 대한 희열 또한 부풀었다. 인간이 나를 파문했으나, 나는 내가 신께 바친 서약을 어기지 않으리라. 그의 교단에서는 신의 말씀을 기록한 책에 의지했다. 그 책 어디에도 신이 성직자에게 순결을 명하는 구절은 없었다. 성직자의 순결 서약은 신이 아닌 일부 인간이 정한 규제였으나 그는 성직의 굴레를 알면서 스스로 그 길에 들어섰다.

사령관이 침통한 얼굴로 그를 맞이했다. 카이유와는 행성 유하의 한 위성을 화면에 띄웠다. 군수물자 생산 위성이었다. 가장 엄중히 방어하는 곳 중 하나였으나 수단과 방법을 가리지 않고 방어선을 뚫어야 했다. 새로 개발한 무기라면 군수 공장 지대를 완전히 파괴할 수 있을 것이다. 자동화된 공장으로 인간 관리자는 천여 명 정도였다.

군수 물자의 생산을 중단하면 항복을 이끌어내고 전쟁을 끝낼 수 있으리라. 그 외에 다른 길은 없었다. 없다고 느꼈다.

뭐가 문제였을까?

신무기가 예상보다 강한 화력을 발휘했나?

공장에 그들이 미처 몰랐던 강력한 무기가 있었던 건가?

행성 달루와 행성 유하는 팽팽한 주장을 펼쳐나갔고 어느 쪽도 자신의 주장을 입증할 방법은 없었다.

폭발은 위성 전체를 덮었다. 위성에는 민간 도시도 있었다. 행성 유하는 총 20억의 사람이 살던 곳이라 했고, 행성 달루는 15억이라 주장했으나 그게 무슨 의미가 있는가.

행성 달루가 행성 유하의 위성을 공격한 그 시각, 행성 달루의 식량 생산 위성이 공격받았고, 역시 위성 전체가 초토화되었다. 23억의 인구가 살던 곳이었다.

두 위성에서 살아남은 사람은 없었다. 둘 다 사람이

생존할 수 없는 곳이 되었다.

그때 그들은 모두 미쳐 있었다. 그 또한 미쳐 있었다.
그래서 그 미친 짓을 벌인 것이다.

제가 무슨 짓을 저지른 겁니까?

수렁 속에 목구멍까지 빠진 그는 신이 아닌 인간을 찾
았다.

그가 사령관의 방으로 갔는지, 사령관이 그의 방으로
왔는지는 중요하지 않았다. 누가 먼저 끌어안고 입을 맞
췄는지 또한 마찬가지였다. 누가 먼저 했든 같았으며 동
시에 일어난 일이었다.

생명들이여, 숫자로 환원되어 버린 그 삶들이여….

두 사람은 된다거나 안 된다거나 더는 어쩔 수 없다는
생각조차 없이 다만 서로에게 파고들었다. 심연 같은 절
망 속에서 그들이 의지할 건 서로뿐이었다. 그 밤 카이
유와는 생애 처음으로 애인과 함께 하는 환희를 알았다.

사령관의 거친 가슴털이 그의 얼굴을 쓸었다. 죄의식
이 들어올 겨를조차 없었던 촉박한 시간, 찰나이자 영

원으로 타오르던 전신의 감각들, 그토록 커다란 위안, 가늠할 길 없던 기쁨. 그건 죄일 수 없었다. 그 밤, 그 절망적인 밤, 끝없던 시신들의 밤, 그를 구원한 건 인간이었다.

사랑이었다. 다만 사랑이었다.

매끄러웠던 사령관의 얼굴에는 어느덧 주름이 파였고, 몸은 탄력을 잃었다. 그 자신도 마찬가지였다. 그들은 서로의 육신이 가장 빛났던 시간에는 안간힘을 써서 거리를 두었고, 시들어가기 시작해서야 서로를 갈구했다. 그러나 그들의 마음은 그 순간부터 진정한 의미로 피어오르고 있었다. 그들은 다른 이들의 눈을 피해 짧은 틈이라도 만들어 서로를 탐닉했다.

행성 달루와 행성 유하의 휴전협정이 상대에 대한 맹렬한 비난 속에서 시작되었다. 간절한 바람대로 전쟁은 끝났으나, 그것은 악마의 왜곡된 약속처럼 절망 속 종결이었다.

카이유와는 행성 달루를 떠나고자 했다. 증오, 책임

전가, 수치화된 죽음, 돈으로 환산되는 피해…. 더는 할수 없었다.

사령관은 받아들이지 못했다.

— 지금 떠난다고? 겉으로는 휴전하겠다고 하면서 뒤에서 무슨 짓을 할지 모르는데?

— 저들이 이럴지도 모른다, 저럴지도 모른다, 그 불안이 이 참사를 가져왔어. 너야말로 유하를 공격하고 싶어 하잖아. 또 전쟁을 일으킬 참이야?

사령관은 강경파였다. 지키기 위해서가 아니라, 기회가 오는 대로 행성 유하를 공격하기 위한 군사력 증강을 주장했다. 그들은 미쳐서 그 일을 벌였고 그 대가로 더미쳐갔다.

— 날 사랑하고 내 절망을 이해하는 줄 알았어!

— 나 또한 네가 나를 사랑하고 우리가 스스로 빠져버린 이 구렁텅이를 이해하는 줄 알았어.

— 너는 결국 유하 사람이었어. 그래서 떠날 수 있는 거야!

— 난 유하로 돌아가려는 게 아니야.

— 그럼 왜? 그 일 때문인 거야? 우린 방어를 위해서, 전쟁을 끝내기 위해서 그랬던 거야. 우린 군수 시설을 공격했지만 유하는 민간 위성을 공격했어!

— 그 많은 사람의 죽음 앞에서 명분의 무게를 재자고?

— 그래서, 천 명이면 괜찮았는데 15억이 죽어서 문제라는 거야? 우린 군수 시설에 사람이 있다는 걸 알고 있었어.

— 그래, 우린 거기에 사람이 있다는 걸 알고 있었어. 그러지 않을 수 있는 기회가 있었어!

— 우리가 공격하지 않았다면 우리 위성만 잃었을 거야. 우리가 일방적으로 항복했어야 할 상황으로 몰아쳐졌을 거란 말이야. 그건 생각 안 해?

— 공격에 집착하지 않았다면 사전에 막을 수 있었을 거야.

— 가정에 불과해!

— 너도 괴로워했잖아!

— 그자들 때문이 아니야.

— 거짓말하지 마!

연인의 저주어린 절규…. 사랑과 기쁨을 주던 존재, 절망에서 끌어올려준 이가 서로를 나락으로 떨어뜨리며 상대와 자신에게 영구한 손상을 남길 악다구니를 퍼부었다. 그에게 가장 큰 고통을 안긴 이 또한 사람이었다.

— 너에 대해 밝힐 수도 있어. 내가 아닌 다른 사람을 내세우면 돼.

— 다른 사람에게 내 연인이었다고 말하게 시키겠다고?

— 네가 강제했다고 할 수도 있지. 이후 어느 행성에서도 성직자 행세는 못하게 될 거야.

카이유와는 그 순간 그들의 사랑이 끝났음을 알았다. 직전의 폭발적인 감정들이 밑 빠진 독에서 물이 빠지듯 빠르게 그의 마음속에서 밀려나갔다. 그는 돌아섰다. 사령관이 그를 가로막고 어깨를 붙잡았다. 그는 패악을 부리고 있었으나 울고 있는 것처럼 보였다.

— 우리에 대해서 다 말할 거야! 우리가 행성 달루를 이끌어 왔어. 이 스캔들이 우리 행성에 어떤 영향을 미칠지 생각해 보고 행동해!

금지한 건 신이 아닌 인간이었다. 그게 온 마음을 다해 사랑했으며 그 누구보다 원망했던 이, 그의 생에서 단 한 명뿐인 연인에게 미소 지으며 떠날 수 있었던 이유였다.

카이유와가 속했던 교단에는 크고 작은 교파가 수백 개는 되었다. 크게는 행성 별로, 작게는 행성 내에서도 분파가 나뉘며 교리가 갈렸다. 어쩌면 그를 용인해줄 곳이 있을지도 몰랐다. 그러나 그는 자신이 속했던 교단으로 돌아가지 않았다. 한 교파에서 파문당했기 때문이 아니었다. 그는 자신의 의지로 서약한 교단의 가장 중요한 계율을 어겼다. 그는 살인했다. 그 어떠한 명분 앞에서도 그러지 말아야 했다.

어떻게 해야 했을까?

그는 기도하고 또 기도했다.

의심하고 흔들린 순간들은 존재했으나 진정 부정한 적은 없던 신앙이었다.

행성 유르베는 그가 파문당한 일을 개의치 않았다. 전쟁을 막고자 했던 그의 의도를 존중해서일 수도, 유르베의 기준으로는 억압적인 그의 교단에 대한 반발 때문일 수도 있었다. 행성 유르베는 그에게 다양성을 존중하며, 유르베만의 고유한 예법을 익혀 법과 규범을 지킬 것을 서약할 걸 요구했다. 그는 서약했다. 그가 행성 내부의 논란 없이 성직자로 있을 수 있는 곳이었다. 그는 성직자였다.

불가피한 희생, 전쟁을 막기 위한 전쟁…. 언어도단이다. 자신은 최선을 다했으나 잘못된 선택을 한 것인가, 잘못된 선택에 최선을 다한 것인가.

카이유와는 케슬러를 다시 만나 폐기가 아닌 추방으로 하자는 의견을 표했다.

"그건 폭탄돌리기를 하자는 말씀입니다. 우리 행성에서 발생한 문제를 타행성에 떠넘기는 거라고요. 신부님마저 부인들에게 넘어가신 겁니까? 부인들은 자신들이 제로델을 인간이라 인지했으니 인간이라 주장하죠. 제로델은 로봇입니다. 그럴싸한 모방꾼에 불과해요. 직관에만 기댔다면 우리는 지금도 지구가 태양계의 중심이라고 믿고 있을 겁니다."

케슬러는 대놓고 카이유와에게 실망한 기색을 보였다.

"굳이 의인화하자면 제로델은 현재 죽느냐, 사느냐의 기로에 섰습니다. 인간이라면 거짓말을 해서라도 이 상황에서 벗어나려 하거나 결백을 주장하며 스스로를 변호할 겁니다. 하지만 제로델은 침묵하고 있죠. 제로델의 인공지능은 참과 거짓을 인지할 수 있는 수준에는 이르렀으나 거짓말은 하지 못하게 되어 있는 겁니다. 그냥 로봇이라고요! 전 섹스로이드를 쓴 바 없습니다만 다양성은 존중합니다. 하지만 사랑이라니요? 로봇을 사랑하고 로봇이 자신을 사랑한다고 믿는다니요? 다들 정신이 나갔습니다!"

사람은 사랑을 이해하는가?

자신이 이해하지 못한다면 사랑이 아닌가….

— 사랑해.

카이유와는 눈을 질끈 감았다. 샤워를 하는데 다리가 후들후들 떨렸다. 전신에 연인의 격정이 남아 있었다. 그 자취마다 어루만지며 영원히 사라지지 않기를 갈망했다. 때로 사령관이 거칠어졌다 싶어 자제하려 하면 그를 힘껏 당기며 속삭였다. 계속해, 절대 멈추지 마, 내게 널 아로새겨줘. 방음이 되는 방에서조차 소리를 자제하려 턱을 물며….

그는 지우지 않고 남긴 유일한 흉터를 어루만졌다. 그를 향한 갈망을 제어하지 못한 사령관이 남긴 흔적이었다.

사령관은 공개적으로 카이유와가 행성 달루를 저버렸다며 그를 단죄하고 비난했다. 그러나 그들의 관계는 함구했다. 그건 자신조차 파멸에 이르게 하는 행위였으나 그걸 걱정해서는 아니었을 것이다. 인간은 수시로 자기 자신을 스스로 망가뜨리는 존재였다. 그들에 대해 말하지 않은 건 그가 아직 정치적으로 쓸만한 패라고 생각해서일 수도, 남은 사랑 때문일 수도 있었다. 카이유와는 그 어떠한 반박도 하지 않았다. 설사 사령관이 그들의 일을 공표했더라도 부정하지 않았을 것이다.

둘이 오롯이 함께하는 순간에조차 카이유와는 행여나 들킬세라 극도로 주의했다. 둘의 관계가 끝난 뒤에는 역으로 세상이 알게 되는 걸 두려워하지 않았다.

사랑했다. 연인이 아니었다면 그는 무너졌을 것이다. 인간의, 자기 자신의 어리석음과 잔혹함에 함몰되어 만신창이가 되었을 것이다. 그의 종교는 그를 버려도 신은 그를 품으리라고 그는 믿었다. 한 사람과 나눈 사랑이 그를 무저갱에서 헤어 나오게 했으며 그가 인간을, 인류를 더 이해하고 관용하며 사랑하게 해주었다.

유르베는 사형 제도가 존재한 적도, 개척된 이래 집단이 갈라져 죽고 죽이는 일 또한 없었던 몇 안 되는 행성이었다. 그 평화가 한 명이 한 존재를 용납하지 못해서 깨어지려 했다.

평화란 본디 유지될 수 없는 것인가.

귓가에서 포탄이 터지는 소리가 들리는 듯했다.

그가 나고 자란 문화에서는 결혼 후 배우자에게 실망스러운 면을 발견했다고 해서 이혼이 정당화되지 않았다. 배우자는 고향처럼 충실해야 하는 이라 가르쳤다. 유르베는 이제 그의 고향이었다.

카이유와는 비행선 창문으로 아래를 내려다보았다. 창밖으로 보이는 풍경이 적막하게 느껴지는 건 기분 탓일까. 제로델이 체포된 이래 어떤 파티도, 무도회도, 행사도 제대로 이루어지지 못했다. 부인들은 사법의원에

게 제로델의 폐기형을 철회하라고 편지를 쓰거나 직접
방문해서 항의했고, 법집행관을 인공지능으로 바꾸기
위한 서명운동을 벌였다. 그만하라는 남편의 한마디가
커다란 싸움으로 번지기도 했다. 이혼 상담소는 전에 없
이 바쁘게 돌아갔다.

왕실에서도 곤란한 것은 마찬가지였다. 아무도 이 사
건이 이렇게까지 커다란 파문을 불러일으킬 줄 생각하
지 못했다. 왕비는 직접 왕에게 한 중재 요청이 거절당
한 후 공식적인 자리에도 참석하지 않았다. 교역이나 교
류를 위해 온 타행성인들은 어떤 일도 제대로 하지 못한
채 돌아가거나 무작정 기다렸다. 타행성인을 상대하는
건 귀족들에게 주어지는 최소한의 의무 사항이었다. 배
타적이되 예의는 중시하던 행성 유르베에서 타행성인
들을 방치하고 있었다.

중재자로서 역할을 맡아 달라는 카이유와의 간곡한
부탁과 귀족들의 성화에 지친 왕이 이미 몇 번이나 가드
공작에게 폐기만은 막도록 탄원서를 쓰면 어떻겠느냐

는 의견을 전했으나 공작은 무응답으로 거부했다.

끝내 사법위에서 6:5로 폐기가 결정되었다.

카이유와는 가드 공작을 만나러 갔으나 집사 로봇이 더할 나위 없이 정중한 태도로 공작은 절대 안정을 취해야 한다는 의사의 지시가 있었다고 했다. 가드 공작에게는 익명의 협박 메일이 날아들었고 저택과 농장, 광산 시스템은 수시로 바이러스 공격을 받았다. 심지어 마구간에서 화재가 발생하기도 했다. 방화인지는 명확히 밝혀지지 않았지만 이후 가드 공작의 영지에 왕실 경비대가 배치되었다. 행성 유르베는 범죄율이 제로에 가깝던 곳이라, 경비 로봇 시스템을 실제 위협에 맞서도록 재프로그래밍해야 했다.

사법위는 비밀투표를 했으나 누가 찬성했고 누가 반대했는지는 모두 짐작하고 있었다. 케슬러 사법대신과 폐기에 찬성한 사법위원들, 그들의 가족은 사회적으로 고립되었다. 가족에게 공개적으로 절연 선연을 당한 사법위원도 있었다.

이 사태에 분개한 한 사법위원이 자신의 입장을 공식적으로 발표했다. 그녀는 자신은 폐기에 반대했음을 명시하며 논의를 시작했다. 찬반과 별개로 사법위원이 자신의 신념에 따라 내린 결정을 사회적으로 압박하는 건 옳지 못하다. 심지어 그 압박의 무기가 피고소인의 행위와 별개의 사안이라는 점에서 행성 유르베의 지성이 혼돈에 빠진 현장을 목도하는 것 같아 참담하다. 자신이 폐기에 반대한 이유는 피고소인에게 소명의 기회가 제대로 주어지지 않았고, 고소인 또한 추가 진술을 거부하는 정황이 있어 더 면밀한 조사가 필요하다고 판단했기 때문이다. 그러나 자신은 제로델의 시민권 적격 심사에서 반대표를 던졌었다. 바로 이런 사태, 인공지능에 대한 과도한 기대와 과중한 역할 부여를 경계했기 때문이었다.

법집행관은 법과 양심에 따라 판결을 내린다. 그를 위해 법관은 먼저 정의가 무엇인지 살펴야 한다. 법조문에 대한 해석은 그 다음이다. 법은 사회의 울타리, 최소한의 안정망이다. 법조문만으로 판결을 내리는 건 자칫 울타리를 감옥으로, 나아가 전장으로 변질시킬 위험이 있다. 인공지능이 이 차이를, 때로 법조항대로 처리하는 것만이 능사가 아님을 이해할 수 있는가? 인공지능에게 양심이 있는가? 인공지능이 무엇이 정의인지 판단할 수 있는가? 인공지능을 교육시키는 인간조차 회색지대의 영역에서 정답을 찾지 못하고 있는 문제가 허다하다.

인공지능은 어느 날 하늘에서 떨어진 절대자가 아니다. 인공지능을 개발한 과학자, 인공지능을 학습시키는 과정에 쓰인 방대한 인간의 정신적 자산을 외면한 채 인공지능을 독자적인 존재로 여기며 신봉하는 작금의 세태를 납득하기 어렵다. 인간이 만든 다른 모든 것처럼 인공지능 또한 오류를 범한다. 지금처럼 인공지능을 별개의 존재로 대하면 인공지능이 오류를 범할 경우 그 책임의 소재가 불분명해진다.

인공지능으로 법집행관을 대체하겠다는 건 본질적으로 인간의 문제를 타자에게 맡기려 드는 회피이다. 그는 스스로 생각하기를 포기하는 것, 곧 인간으로서 직무유기다. 인간은 자신의 문제에 직면해 직접 해결책을 모색해야 한다. 그 과정에서 필연적으로 따라오는 시행착오를 통렬히 반성하는 한편으로 정신의 도약을 위한 발판으로 삼아 다음 단계로 나아가야 한다. 인공지능은 인간의 보조자이지, 주재자가 아니다. 인공지능이 인간을 주관하게 해서는 안 된다.

카이유와를 찾은 다른 사법위원은 도무지 제로델을 이해할 수가 없다며 고충을 토로했다. 직접 제로델을 만나러 가서 자신은 폐기에 찬성했으나 그가 죄목을 부인하면 폐기만은 막아보겠다고 했는데도 굳건히 입을 다문 채 한마디도 하지 않았다고 했다. 귀부인들이 벌이는 사면 운동에 동참하지 않는 것은 물론이었다.

비행정이 마시밀 안뜰에 착륙했다. 인간 간수장이 안내를 맡았다. 카이유와는 어두운 복도를 내려가며 제로델이 어떻게 지내는지 물었다. 간수장은 자기가 말하지 않는다고 설마 모르겠느냐는 투로 입술을 뗐다.

"외출하지 못하는 것만 빼면 아쉬울 것 없이 지내고 있습니다."

예상했던 카이유와는 그저 헛웃음을 지었다.

"오시는 분마다 이것저것 쥐여 주시며 부탁하시는데, 높으신 부인들의 말씀을 거절하기도 어렵고…."

간수장은 허리를 굽실거리며 주절주절 변명을 늘어놓았다.

"부인들이 자주 찾아오나?"

"한두 분이 아니지요. 혼자 오는 경우도 있고 두세 분씩 짝을 지어 오시기도 합니다. 이곳에서 마주치면 세상에 다시없는 동지가 되죠. 서로 포도주를 넣었으니 햄을 가져오면 어떻겠는가, 아무래도 감옥은 추운 것 같으니 다음에 올 때는 좋은 이불을 가져와야겠다거나…. 그의 감방엔 없는 게 없습니다. 면도칼부터 고급 식기까지 모든 걸 갖추고 있죠."

"부인들과는 어떤 이야기를 나누나?"

"그는 누구와도 대화하지 않습니다. 위문품도 일절

관심이 없죠. 물 한 잔 마시지 않습니다. 한갓 훈련대장이 르브… 흠흠, 이름을 밝힌 순 없습니다만 지체 높은 부인이 제발 아주 잠깐만이라도 자기를 봐달라고 애걸하는 데도 눈길 한 번 주지 않는단 말입니다. 간수가 면회인의 이름을 대고 만날 거냐고 물으면 그는 그저 보일 듯 말 듯 머리를 좌우로 젓죠. 그럼 부인들은 창살 바로 뒤에서 안타까운 한숨을 내쉬고는 물러서는 겁니다. 손수건으로 눈물을 찍으면서요. 편지도 건넵니다만 뜯어보지도 않습니다.”

“편지는 어떤 내용이던가?”

간수장은 마른침을 삼켰다. 여윈 어깨가 팽팽해졌다. 카이유와는 속으로 참회기도를 올리며 간수장에게 금화를 건넸다. 화폐로 쓰이진 않으나 순금이었다. 간수장은 한참을 망설이다 금화를 받았다.

“아무에게도 말씀하시면 안 됩니다. 대부분 탈옥에 대한 내용입니다. 모든 걸 준비해 놓았다고 하죠.”

간수장은 더 이상 말하지 않았고 카이유와도 묻지 않

왔다. 마시밀 시스템 관리자인 간수장의 도움 없이 탈옥하는 건 불가능했다.

"뭐, 사실 부인들이 오는 건 그냥 그를 보러 오는 겁니다. 정말이지, 가끔은 저도 깜짝 놀란다니까요. 이제 조금만 더 가시면 됩니다."

그녀는 이런 어둡고 좁은 계단에 익숙하지 못한 카이유와와 보조를 맞추며 말했다. 제로델은 마시밀의 지하 가장 깊숙한 곳에 있었다.

"무엇에 놀란다는 건가?"

울퉁불퉁한 계단을 조심조심 밟으며 카이유와가 물었다. 그리고 이런 계단을 부인들이 몇 번이나 오르내렸다는 사실을 떠올렸다. 엘리베이터는 몸이 불편한 사람만 사용할 수 있었다.

"제 방향과 다른 자인데 저도 한 번씩 심장이 철렁할 때가 있거든요. 특히 혼자 멍하니 있을 때가 그렇지요. 부인들이 줄지어 찾아오는 것도 무리가 아니에요. 더 이상 넣어줄 물건도 없습니다. 물건은 핑계죠. 그냥 보러 오는 거예요. 연극에서 잘생긴 배우 관람하듯 말입니다. 가만 있어도 남자든 여자든 줄줄 따를 것 같은데 누굴 강제로 추행했다는 게 믿기지 않습니다. 그럴 성격도 아닌 것 같고….”

“그럴 성격이 아닌 것 같다?”

간수장의 입이 조개처럼 다물렸다. 그녀는 자신이 너무 많이 떠들었다고 생각했다. 카이유와는 걸음을 멈췄다.

“내게 하는 말은 어디에도 새어 나가지 않을 걸세.”

잠시 카이유와의 안색을 살핀 그녀가 마음을 정한 듯 입을 열었다.

“제로델이 상대하는 사람은 뮈세라는 친구뿐입니다. 그것도 어머니의 용태를 묻는 게 다죠. 그때 외에는 묵묵히 앉아서 아무것도 안 합니다.

아시겠지만 여기서 간수로 일하는 사람들은 죄다 그 어렵다는 정착금 날려 먹기를 해낸 사람들 아닙니까. 전 올해로 7년 차입니다. 7년 동안 받은 월급보다 더 많은 돈을 지난 몇 달 간 벌었죠. 흥이 오른 인간 간수들이 오래 있었으면 좋겠다고 말할 정도였습니다. 저도 처음엔 그랬지요. 돈만이 아니라, 음식이라는 게… 그렇잖습니까. 놔두면 썩고…."

제로델은 섭취하는 음식을 에너지로 전환할 수 있었다. 사람에 견주어서는 현저하게 효율이 떨어지고, 태양열로 충전하기에 음식은 필수요소가 아니었다.

"자네 사연을 물어도 되겠는가?"

카이유와가 물었다.

간수장은 공허한 얼굴로 입을 열었다.

"어느 날 집에 오니 부인이 죽어 있더군요. 유서도 남기지 않았죠. 검시관이 검시하고 부검도 했습니다. 저는 강도 높은 거짓말 테스트를 받았고요. 아이들이 아직 어릴 때라 육아 우울증일 가능성이 제시되었지만 맹세코 어떤 기미도 느끼지 못했습니다."

행성 유르베에 온 정착민들은 이상적인 세계를 구현하고자 뜻을 모았으며 후손들은 그 의지를 이어가고 있었다. 그런데도 모든 세계가 그러하듯 유르베에도 그림자가 있었다.

인간이 그림자를 달고 사는 존재이기 때문인가?

어떤 시스템도 완벽할 수는 없었다. 시스템을 만든 이가 불완전한 인간이기에….

인간은 어떤 상황에서도 결핍을 찾아냈다. 결핍과 불안정은 인간 세상에 도약을 가져온다. 전쟁을 일으킨다. 유토피아를 목적으로 시작된 행성 유르베는 유희라는 이름하에 왕정제를 만들며 스스로 불평등을 창조했다. 인간은 필연적으로 올라갈 곳이 필요한 존재인가….

"저는 술을 마셨죠."

카이유와는 상념에서 간수장의 이야기로 돌아왔다.

유르베의 광산과 농지는 인공지능이 운영하나 주기적으로 사람이 직접 제어하며 관여하지 않으면 시스템이 멈췄다. 인공지능이 오작동을 일으켜 제한된 영역을 벗어난 개발을 해서 자연을 해치는 경우가 드물지만 발생하기 때문이었다.

"정신을 차려보니 광산은 폐쇄되었고 참여 소득도 다 써버렸더군요. 말 그대로 땡전 한 푼 없었습니다. 가족 관리부에서 저에게 추방당할지, 중독 치료를 받을지 묻더군요. 아이들을 방치했기에 제가 받을 수 있는 정착금은 최소한의 금액이었습니다. 그냥 확 죽어버릴까 하다가 애들을 보러 갔죠. 이런 저도 엄마라고 유모 로봇을 팽개치고 달려와 매달리더군요. 저는 일자리를 찾아달라고 했습니다. 음주 욕구를 억제하는 약을 처방받고, 교육을 받아 간수로 들어왔다가 간수장이 되었죠. 아이들을 위해서라면 못할 게 없었습니다. 그런데 애들이 자랄수록 절 보는 눈빛이…."

그녀는 자조적으로 머리를 흔들었다.

"애들은 지금 성인이 되기만을 기다리고 있어요. 둘 다 성인이 되어 자기 영지를 받으면 평생 다시는 얼굴 볼 일 없을 거예요. 절 경멸하죠. 그런데 얼마 전부터 퇴근하면 문 앞에서 절 반기더군요. 제가 가져가는 고급 음식들과 물건들 때문이죠.

절 그렇게 막 대하는 데도 저는 아이들이 풍요를 누리며 살길 바랍니다. 풍요에 눌려 스스로를 망치는 일이 없기만 빌죠. 여기서는 풍요를 감당하지 못하고 삶을 망가뜨린 사람들을 쉽게 볼 수 있거든요. 사람들은 삶에서 스스로 도전과제를 찾아야 해요. 아이들이 그러기만 한다면 더 바랄 게 없습니다."

"자네가 보기에 제로델은 어떠한가?"

걸음을 멈춘 간수장이 카이유와를 서늘하게 응시했다. 이어진 말을 듣고 카이유와는 자기 귀를 의심했다. 그는 지금까지 부인들에게 제로델에 대한 온갖 이야기를 들었다. '설마 이 부인마저?' 싶은 사람도 있었다. 하지만 간수장에게 다음 이야기를 들었을 때만큼 놀라지는 않았다.

"제로델을 사람으로 인정하지 않는 이에게는 아무것도 받고 싶지 않습니다. 전 좌절했을 뿐 나쁜 사람은 아닙니다."

그녀는 카이유와에게 금화를 돌려주었다.

"왜 내가 제로델을 사람이라 보지 않는다고 생각하지? 나는 이 일과 관련된 많은 이들을 만났어. 자네는 제로델이 수감된 후 가장 오래 그와 시간을 보낸 이지. 나는 자네의 의견도 편견을 갖지 않고 들으려 했네."

"이 사건의 본질은 제로델이에요. 그를 사람이라 여겼다면 제일 먼저 제로델부터 만나러 오셨어야 해요."

"이 일에 관여된 사람들은 감정적으로 대처하지. 지나치게 의인화하거나 기계로만 보거나. 나는 중립을 지키려 했어."

"세상에 중립이라는 게 존재할 수 있나요? 존재한다면 옳은 걸까요? 제로델을 사람이라 봤다면 어떻게든 구명하셨을 겁니다. 신부님이 어떤 분이신데요. 신부님은 그를 구할 마음까지는 없으셨던 거예요."

— 행성 달루에 가서 뭘 어쩌겠다는 건가? 그건 자네의 본분을 망각하는 일일세! 나도 이 전쟁에 반대하네. 하지만 우린 성직자야. 중립을 지켜야지!

그가 행성 유하를 떠나려 하자 상급자가 그를 호되게

질책했다. 그리고 그를 방에 가두었다. 카이유와는 탈출했다. 그래야 했다.

"이곳에 오는 부인들은 다 저를 기계적인 업무만 처리하는 인공지능처럼 취급합니다. 그게 낫죠. 제가 유르베 출신인 줄 아는 이들은 절 멸시합니다. 무려 원주민이 실패하려고 기를 써도 실패하기 어려운 유르베에서 실패했단 말입니다. 전 낙오자고 변종 바이러스처럼 혐오스러운 존재죠."

마른침을 삼킨 간수장이 말을 계속했다.

"어느 날 감방에 가보니 제로델이 이부자리 등등 값비싼 물건들을 잘 정리해 놓았더군요. 그리고 절 보며 말했습니다. '방이 좁습니다.' 저는 그것들을 갖고 싶어 했었죠."

"제로델이 자네에게는 말을 했다고?"

"네, 부인들에게는 이야기하지 마세요. 말을 한 건 그때뿐입니다. 그래도 제가 그의 방을 정리하러 들어갈 때면… 사람에게는 왜, 분위기라는 게 있잖습니까? 늘 정중했죠. 부인이 죽은 뒤 처음으로 다른 이에게 사람 취급을 받았습니다."

그녀는 손으로 벽을 짚고 모퉁이를 돌았다.

"제로델은 절 무능한 자들 중에서도 최고로 무능한 자가 아닌 간수로 자기 일을 하는 사람으로 봐줬어요. 비슷한 이야기를 케슬러 사법대신에게도 했습니다. 사법대신은 그것이야말로 제로델이 인공지능이라는 증거라더군요. 편견과 가치판단은 동전의 양면처럼 불가분의 관계라면서요. 제로델은 옳고 그름에 대한 인지가 없고 모든 사건과 사물을 똑같이 본답니다. 그러니까 편견이 없으면 인간성이 없는 로봇이고 편견으로 가득 차야 진짜 인간이라는 건가요? 기계로도 인간으로도 보지 않아야 편견을 지우는 거라고 생각하셨다면, 신부님, 잘못 짚으셨습니다."

간수장은 더는 한 마디도 하지 않겠다는 듯 입술을 앙다문 채 돌아서서 계단을 내려갔다.

편견….

그는 이 자리에서 그 무엇보다 간수장에게 편견을 갖고 있었다. 간수장을 이주민이라고 생각했다. 유르베 출신이 실패한 경우는 접해본 바가 없던 탓이었다. 더해서 그녀가 논리적으로 반박할 줄 예상하지 못했다. 하층민으로 행동하는 겉모습으로 인함이었다. 실패했다는 게 무지하다는 뜻은 아니었다.

카이유와는 이 일이 불거지기 전에도, 케슬러에게 부탁 받아 중재를 위해 노력하던 중에도, 지금까지도 단 한 순간도 제로델이 인간인지, 아닌지에 대해서 진지하게 생각해보지 않았음을 인지했다.

침묵 속에서 제로델의 감방 앞에 도착했다. 잠금장치를 해제한 간수장은 이야기를 마치면 부르라는 말만 남긴 채 사라졌다. 제로델의 감방 문을 열기 직전 젊었던 자신이 상급자에게 했던 말이 그에게 부메랑처럼 되돌아왔다.

— 중립은 외면을 합리화하는 기만입니다!

제로델이 마시밀에서 폐기장으로 옮겨지던 날 하늘은 금방이라도 비를 뿌릴 듯 어두웠다. 한 달 넘게 맑은 날이 지속되었는데 갑자기 흐려진 날씨가 그의 비극적인 분위기를 더했다.

하늘은 철새의 이동을 방불케 하는 비행선으로 빽빽했으며 지상은 인구과밀 도시의 러시아워처럼 수십만 대의 마차들이 몰려 있었다. 제로델의 폐기를 반대하는 이들이 비행선과 마차에 더해 시종과 농장 로봇까지 동원한 것이다. 거기에 호기심에 구경 온 사람들까지 있어 공식 발표에 따르면 이날 인간은 100만여 명, 인간형과 비인간형을 포함해 로봇은 198만 5천여 대가 밀집했다. 유르베는 인구밀도가 낮은 곳이라 왕실 행사 때도 최고 기록이 오십만 명이었다.

마시밀 안뜰은 70만 명을 수용할 수 있는, 행성 유르베 최대 규모의 야외 공연장이기도 했다. 수용 한계 인원을 초과하는 바람에 관목이 꺾이고 꽃들이 짓밟히고 겁먹은 동물들이 도망치며 숲이 소란스러워졌다. 자연의 보존권을 인간의 생존권과 동등하게 여기던 유르베의 기조가 무너지는 현장이었다.

혹시 모를 사태를 대비한 케슬러가 로봇 근위병 5만여 대를 출동시켰으나 질서를 바로잡기에는 터무니없이 부족했다. 폐기를 반대하는 이들이 동원한 로봇들은 군대처럼 각 잡힌 자세로 이동했다. 뮈세가 그들을 재프로그래밍한 것이다.

"저 사람들이 도대체 무슨 짓을 벌이는 겁니까? 이제 전쟁입니다! 이 일이 끝나고 나면 귀족들의 임기 제한제를 발의할 겁니다."

케슬러가 살기등등하게 내질렀다.

카이유와는 수십 개의 비수가 그의 몸에 꽂히는 듯한 고통을 느꼈다.

로봇 간 싸움은 금지되어 있었기에 당장 전투가 일어나지는 않았다. 하지만 케슬러는 반대자들의 로봇이 로봇을 공격하도록 재프로그래밍되었을 가능성을 염두에 두고 있었다. 카이유와도 차마 그 가능성을 부인하지 못했다.

제로델이 마시밀에서 나왔다. 상공에 그의 모습을 비춘 홀로그램이 떴다. 유채빛 머리카락은 흐린 날에도 찬란하게 빛났으나 엉망으로 헝클어져 그의 무표정한 얼굴을 덮었다. 그를 보러 온 이들 모두 손을 가슴 앞에 모으거나 무심코 주먹을 쥐며 탄식과 감탄, 경이와 슬픔을 토했다. 카이유와조차 자신도 모르게 성호를 그었다.

제로델의 머리와 양 손목은 세 구멍이 난 나무 차꼬에 고정되어 있었다. 골반부터 허벅지까지 오는 타이트한 퀼로트 외에는 아무것도 걸치지 않았으며 맨 발목에도 사슬 차꼬를 채워 움직임을 제한시켰다. 발은 상처투성이였으며 유려한 등에도 사정없이 내리친 채찍 자국이 나 있었다. 섬세한 어깨선, 단단하고 도톰한 유두, 날렵하게 뻗은 허리선에서는 가녀림과 강인함이 공존했다. 아름다움과 성적 매력은 유의어일 뿐 동의어가 아니었다. 그러나 제로델에게는 동의어였다. 구속기구의 제약을 받으며 위태롭게 걸음을 옮기는 그의 모습은 벌거벗긴 채 사슬에 묶여 신음하는 이들로 내밀한 욕망을 충족시키는 그림을 연상시켰다. 마시밀 밖으로 나온 그는 어둠 속에 오래 있다 나온 이가 그러하듯 일순 눈을 찡그렸으며 무엇에 걸렸는지 휘청거렸다. 신음과 찬사를 오가는 소란이 터졌다.

제로델을 폐기장으로 끌고 가는 호송마차는 나무 기둥을 헐겁게 세워 내부가 환히 보였다. 간수장은 제로델을 호송 마차에 넣은 뒤 나무 차꼬는 천장에, 사슬 차꼬는 바닥 고리에 고정시켰다. 제로델은 무력하게 고통받는 죄수의 모습으로 전시되었다. 홀로그램 영상은 수시로 그의 얼굴과 상처를 클로즈업했다.

"왜 저런 짓을?"

케슬러의 고함은 사람들의 경악성에 묻혔다.

간수들의 도움을 받아 만든 간수장의 작품이었다. 그녀는 제로델이 마시밀을 나온 순간 눈에 강한 조명을 때리고 자칫 넘어질 수도 있는 장치를 세심하게 만들어두었다. 채찍 자국과 발의 상처도 사실적으로 그려 넣었다. 나중에 그녀는 간수장의 역할에 충실하게 죄수의 모습을 재현했을 뿐이라고 진술했다. 물론 그 말을 믿는 이들은 없었다. 간수장은 제로델을 폐기시키는데 반대하며 자신의 방식으로 항의한 것이다.

마시밀에서 폐기장까지는 마차로 30분이면 도착할 거리인데도 부인들의 마차가 길을 막아 한 시간이 지나도록 제자리였다. 부인들이 잔혹 행위라며 그를 앉게 해 달라고 요구했다. 케슬러는 거부했다. 제로델이 피로를 느낄 리 없을 뿐더러 혹시 부인들의 마차가 움직여서 길이 뚫릴지도 모른다는 옅은 희망 때문이었다.

두 시간이 지났다. 제로델의 이마를 타고 흐른 땀이 그의 턱 밑으로 떨어졌다. 머리카락이 그의 이마와 뺨, 긴 목에 엉겨 붙었다. 뭇 여성들의 심금을 울렸던 그의 완벽에 가까운 등에서도 땀이 샘솟았다. 턱을 물고 쓰러지지 않으려 버티는 게 차꼬의 무게가 상당한 듯했다.

이따금 그의 입에서 거친 숨이 터졌다. 한 부인은 그날 제로델을 지금까지 그의 모습 중 가장 관능적이었다고 평했다.

"땀을 흘려? 도대체 왜 저렇게까지 만든 거지?"

케슬러가 노성을 내질렀다.

폐기를 반대하는 이들은 길을 막고자 마차를 동원했으나 말은 모두 로봇이었고 말이 없는 마차도 인공지능이 운행했다. 말과 마차는 탑승자들의 뜻에 반해 충돌을 피하는 동선을 찾아내며 느리지만 꾸준히 전진해 끝내 폐기장에 도착했다. 제로델은 다섯 시간 만에 차꼬의 멍에에서 벗어났다. 그의 목과 쇄골, 손목과 발목에 난 멍으로 인해 사방에서 거친 항의, 케슬러와 폐기를 찬성한 사법위원들에 대한 욕설과 저주가 터졌다.

폐기장 안에서 기다리고 있는 폐기 담당자는 좌불안석이었다. 그녀의 이름은 두고두고 남을 것이다. 이날 폐기 처리를 맡고 싶어 한 이는 아무도 없었다. 그들은 제비뽑기를 통해 담당자를 뽑았다.

근위병 로봇이 제로델의 마차로 다가가자 비행선에서 물대포가 쏟아졌다. 설마 하면서도 준비했던 케슬러가 물대포로 응수하라 명령했다. 공중에서 서로에게 물대포를 쏘아대느라 지상은 장대비가 쏟아지는 양 혼란에 잠겼다. 근위병 로봇들은 물대포의 강한 수압에도 꾸준히 제로델의 수송 마차로 전진했다. 양 진영의 로봇들은 아직 직접 대치하지는 않고 있으나 마차 문이 열리면 반대자의 로봇이 물리력을 행사하리라는 건 자명해보였다.

"법 집행을 방해하고 있습니다. 계속할 경우 비행선의 가스주머니에 화살 공격을 가할 것입니다. 격추되기 전에 모두 물러서십시오!"

케슬러의 목소리가 마이크를 타고 소란에 소란을 얹었다.

"안 돼!"

비행선에서 비상용 낙하 슈트를 입고 뛰어내린 크리스틴이 마차 앞을 가로막았다. 이를 시작으로 유르베의 우아한 귀부인들이 드레스 자락이 찢어지고, 깃털 모자가 바닥에 떨어져서 밟히고, 부딪히고, 멍들고, 다치는 것에도 굴하지도 않고 낙하 슈트에 의지해 비행선에서, 혹은 마차에서 내려 제로델의 마차를 향해 달렸다.

케슬러는 로봇들에게 부인들을 제지하라고 명령했으나 로봇은 사람의 행동을 직접적으로 막을 수 없었다. 로봇들을 비집고 몰려든 사람들이 제로델의 마차를 빽빽하게 에워쌌다.

"우리를 전부 격추시키기 전에는 절대 제로델을 죽이지 못할 겁니다!"

르브뢴 공작이 비행선에서 마이크에 대고 사람들을 독려했다. 호응하는 이들과 멈추라는 이들과 사람이 탑승해 있으므로 기구주머니를 공격할 수 없다는 기계 음성의 보고와 활을 쏠 줄 아는 인간 근위병을 데려오라는 케슬러의 째지는 목소리가 광장을 메웠다.

그동안 제로델은 미동도 하지 않았다. 자신을 보며 눈물을 흘리는 여인들에게 시선을 주지도 피하지도 않으며 이 상황이 자신과 아무런 관련이 없다는 듯 양 무심하게, 다만 서 있었다. 반 알몸으로 흠뻑 젖은 그의 몸은 형언하기 어려우리만큼 관능적이었고 죽음을 앞두고 보이는 초연함이 육체미와 합쳐져 비극적인 아름다움을 뿜어냈다. 그저 구경 온 이들조차 감정이 북받쳐 제로델을 죽이면 안 된다고 각자 마이크에 대고 목청이 터져라 악을 써댔다. 제로델은 아름다웠으며 무고했다. 무고해야 했다.

근위병 로봇들은 군중이 밀집되자 안전거리를 확보하려 했으나 그럴 공간이 없었다. 삼백 만에 가까운 인간과 로봇이 밀집해 있었다. 누구 하나 넘어지기라도 했다가는 대참사가 일어날 상황이었다.

"그마아안!"

카이유와가 마이크 음량을 최대한으로 켠 채 절규했다.

"모두 멈추십시오! 멈춰야 합니다!"

아무도 멈추지 않았다.

카이유와는 또다시 절망이 그를 엄습하는 걸 느꼈다. 어째서, 어째서…!

"폐기는 중단됩니다. 가드 공작이 고소를 취하했습니다. 폐기를 중단합니다!"

폐기장 안에서 폐기 담당자가 마이크에 대고 울음 섞인 목소리를 터뜨렸다.

"다시 말씀드립니다. 폐기는 중단되었습니다. 제로델 마르는 폐기되지 않습니다!"

노기에 찬 케슬러가 주먹을 휘두르며 무슨 말인가를 해댔으나 함성에 묻혀 바로 옆에 있는 카이유와의 귀에도 들리지 않았다. 힘이 풀려 넘어질 뻔했던 카이유와가 가까스로 중심을 잡았다.

부인들은 서로를 부둥켜안으며 눈물을 쏟았다. 구경 나온 이들도 덩달아 기뻐하며 환호성을 질렀다. 저토록 아름다운 존재가 녹아서 무無로 사라지는 걸 막았다. 폐기장 주위는 삽시간에 축제 분위기로 돌변했다. 사람들은 상대를 가리지 않고 옆에 있는 사람과 포옹하며 키스

했다. 뮈세가 제로델의 호송마차를 두드렸다. 간수장이 문을 열었다. 뮈세가 망토로 제로델을 감쌌다.

"비켜 주세요! 제로델의 상태를 살펴야 합니다!"

뮈세가 안타까이 소리쳤다.

"길을!"

"길을 여세요!"

사람들이 한목소리로 외치기 시작했다.

카이유와는 종이 한 장 끼워 넣을 여유도 없던 공간에 한 사람이 지나갈 수 있는 길이 생기는 모습을 보았다.

뮈세는 제로델을 데리고 사라졌다. 부인들은 그가 혹시라도 눈을 마주쳐주지 않을까 지켜봤지만 그는 뮈세가 걸쳐 준 망토 속에 묻은 고개를 들지 않았다.

✤

제로델 마르는 일신상의 이유로 사직서를 제출했다. 많은 부인들이 그를 만나려 시도했지만 헛일이었다. 그는 감옥에 있을 때와 마찬가지로 아무도 만나지 않다가 어느 날 홀연히 사라졌다.

뮈세도 그가 어디로 갔는지 알지 못했다. 그는 자신을 찾아오는 귀부인과 하녀, 시종들에게 그날 집으로 데려다준 이후 보지 못했다는 말을 지겹게 반복해야 했다. 사실이었다. 집에 온 뒤 제로델은 그만 가달라고 말했고, 뮈세는 그의 뜻을 따랐다. 아마도 혼자 있고 싶을 것이라 생각한 뮈세는 일주일의 유예를 두고 그를 찾아갔다.

"어제 가벼운 외출복 차림으로 나갔어요. 일주일 내내 방에서 꼼짝도 안하고, 찾아오는 손님들도 만나지 않아서 걱정했는데…. 하긴, 그런 일을 겪고 나서 아무렇지도 않을 리가 없잖아요. 찾아오는 손님들 이래봐야 뭐 굳이 만나고 싶지 않을 분들이고…. 모처럼 산책이라도 하려나 보다, 이제 좋아지려나 보다 했는데…. 오늘 제게 제로델의 이름으로 큰돈이 입금되었어요. 세무사에게도 신고 된 금액이라는 확인서가 왔고요. 무슨 뜻일까요?"

집안일을 돌보던 하녀는 밤새 한숨도 못 자며 기다렸는데 돌아오지 않았다며 눈물을 글썽였다. 뮈세는 기다려보자는 말로 하녀와 자신을 달랬다. 그러나 제로델은 그 길로 다시는 사람들 앞에 모습을 나타내지 않았다.

᭢

― 지난주에 예고한 대로 이번 특집은 '제로델 마르'입니다. 그가 사라진 당시 저는 일곱 살이었던 터라 이번 특집을 준비하며 자세히 알게 되었죠.

― 저보단 낫군요. 전 그때 태어나지도 않았습니다.

두 진행자 간에 짧은 웃음이 오갔다.

본론이 나오려면 시간이 걸릴 듯했다. 카이유와는 시가에 불을 붙였다가 초조한 감정을 느낀 게 얼마 만인지 세월을 헤아렸다.

그는 몇 해 전 추기경 자리에서 물러났다. 후임자로 온 종교지도자는 그는 처음 듣는 종교 소속이었다. 소속이었다. 유르베는 종교의 자유를 존중했으며, 같은 종교인을 연이어 종교 지도자로 세우지 않았다. 새 종교지도자는 일흔두 살로 활기찬 성격이었다. 카이유와는 첫 만남에서 그녀가 자신의 후임으로 선택된 이유를 알았다. 격정적인 성품이었던 전임자를 대신할 이로 고요한 그가 선택되었듯, 이번에는 활달한 이가 뽑힌 것이다.

카이유와는 저택에 있는 화원을 가꾸며 한가로이 지냈고, 일주일에 한 번 찾아오는 이들과 소박한 예배를 올렸다.

그러다 며칠 전 예배를 마친 후 갖는 티타임에서 오래도록 언급되지 않았던 이름이 나왔다. 한 신자가 그에게 제로델 특집방송이 있으리라 말해주었다. 그녀는 저택까지 와서 그의 구형 인공지능이 이날 방송을 예약해서 제 시간에 틀도록 도와주었다.

— 제로델 마르는 현재까지도 튜링테스트를 통과한 유일한… 존재입니다.

서른일곱 살인 진행자가 무심코 로봇이라고 할 뻔하다 급히 수정했다.

— 한없이 인간에 가까운 존재는 인간이다. 당시 이 판결이 엄청난 파급을 몰고 왔다죠?

— 그렇습니다. 다만 행성연합 소속 전문 튜링테스터의 참여 없이 전원 자원한 일반인이었던 터라 정확성에 대해서는 논란이 있습니다.

— 그러나 여러 연구가 전문 튜링테스터와 일반인들이 인간과 인공지능을 판정했을 때 비율이 비슷하다는 결과를 내놓고 있습니다.

연구 결과에 대한 이야기 이후 에레나 마르로 주제가 옮겨갔다. 제로델에 대해 이야기하려면 필수적인 과정이었다.

— 페로몬 분비장치를 만들면 실제 동물이 로봇에게 다가와 구애할 정도로 혼돈을 줄 수 있습니다. 동물조차 속으니 보통 사람들은 로봇 토끼와 실제 토끼를 구분하지 못하죠. 하지만 동물학자는 다릅니다.

화면이 바뀌며 나타난 동물학자가 말했다. 그가 보던 작은 화면이 전체 화면으로 옮겨왔다. 숲을 찍은 영상으로, 풀숲에서 돌아다니는 푸른눈토끼가 확대되었다. 다른 푸른눈토끼가 다가와 엉덩이 냄새를 맡으며 구애했다. 카이유와는 꼬집어 설명할 수는 없으나 왼쪽이 로봇 같았다.

— 오른쪽 푸른눈토끼가 진짜입니다.

동물학자가 빙그레 웃으며 이유를 설명했다.

— 확실합니까?

어린 진행자가 물었다.

— 푸른눈토끼만 10년을 연구한 접니다. 확실합니다.

동물학자가 자신만만하게 대답했다.

— 박사님, 정확한 실험을 위해 박사님께 거짓말을 한 점에 대해 사죄드립니다. 둘 다 로봇입니다.

— 둘 다 로봇이라니요? 말도 안 됩니다!

동물학자가 경악했다.

둘 다 오래전 에레나 마르가 만든 푸른눈토끼였다. 다만 왼쪽은 고장난 뒤 다른 로봇 공학자가 고쳤다는 차이가 있었다. 그 뒤 움직임이 어설퍼졌다. 그 외에도 마르가 만든 설치류와 포유류, 조류 등이 동물학자들을 속이는 장면이 이어졌다.

다음에 등장한 이는 조류학자였다. 그는 127세로 평생을 조류 연구에 바쳐왔다고 말했다.

— 10년 전 저택 마당에 검은줄우새가 한 마리 날아와 둥지를 틀었습니다. 검은줄우새는 평균 5~6년을 사는데 7년이 지난 뒤에도 여전히 활기찬 모습에 연구를 하고 싶어졌습니다. 덫을 놓았지만 영리하게 피하더군요. 워낙 약한 새라 마취 총은 쓸 엄두도 못 냈습니다. 그저 기록하며 지켜보았지요. 그러다 3년 전에 사흘 내내 둥지 안에 박혀 있는 모습이 마음에 걸려서 사다리를 타고 올라갔습니다. 제가 잡는 데도 가만히 있더군요. 엑스레이를 찍어서야 로봇이라는 걸 알았습니다. 학자 인생이 허무해지더군요.

역시 마르 박사가 만들었던 로봇 새였다.

— 혹시라도 문제가 생길까 싶어 절대 타지 않습니다. 이 녀석은 제 친구예요. 평생 함께하고 싶습니다.

흑마를 쓰다듬으며 한 여인이 말했다. 여인의 손길에 반응한 흑마가 온순한 눈을 들었다. 이 또한 마르 박사의 작품이었다.

동물 로봇 전문 공학자가 나와 우리에 있는 푸른눈토끼를 가리켰다.

— 마르 박사가 제작한 토끼입니다. 지금은 고장났지요. 30년이 흐른 지금의 기술로도 예전처럼 완벽하게 고칠 방법이 없습니다.

화면이 데스크로 돌아왔다.

— 평생을 조류 연구에 바쳐온 학자마저 7년 간 감쪽같이 속인 검은줄우새를 만든 에레나 마르 박사의 노작이 바로 제로델 마르였죠.

카이유와는 제로델이 에레나 마르와 함께 티타임에 참석하고자 거실로 들어오는 모습을 꿈결처럼 바라보았다.

— 제로델이 사교계에 첫 등장한 날입니다. 몬타위 남작부인의 티파티였죠.

— 정말 로봇이라고요?

제로델을 처음 보는 게스트가 화면에 들어갈 듯 상체를 내밀었다.

— 이번 특집을 준비하며 이 장면을 수십 번은 봤는데 볼 때마다 놀랍습니다. 화면을 보시면 아시다시피 화려함의 시대였습니다. 제로델은 절제된 아름다움으로 세상에 나타났죠.

— 마르 박사가 사교 모임을 피하기 위해 제로델을 만들었다면 유행에 따라 화려하게 만들었어야 하지 않을까요?

— 제로델의 외형에 대해서는 잠시 후 마르 박사의 도제였던 뮈세 박사가 설명할 겁니다. 일단은 감상하시죠.

몬타위 남작부인을 시작으로 홀린 듯이 일어난 사람들이 제로델에게 다가갔다. 제로델은 감미로운 웃음을 지으며 그들에게 인사했다.

— 처음 뵙겠습니다. 제로델 마르라고 합니다.

맑은 미성으로 인사한 제로델은 사람들 사이에서 웃

고, 대화를 나누고, 춤을 췄다. 카이유와에게는 몹시도 낯선 모습이었다. 오래전 그가 반복해서 들은 말은 제로델이 한마디도 하지 않는다는 것이었다.

— 저때만 해도 제로델 마르는 인간형 로봇, 휴머노이드로 인식되었습니다. 그러다 그에게 시민권을 줘야 한다는 움직임이 일었죠. 그래야 마르 박사 없이도 제로델이 연회에 참석할 수 있었기 때문이었습니다.

카이유와는 불현듯 몬타위 남작부인의 티파티에서 시작하자는 생각은 누가 했는지 궁금해졌다. 에레나 마르는 로봇에 대해서는 박식하나 사람에 대해서는 몰랐다. 뮈세는 귀족들의 연회에 참석한 바 없었다.

이후 튜링테스트가 열리기까지의 과정은 카이유와가 아는 그대로였다.

튜링테스트 이후 제로델이 인간인가, 로봇인가를 판가름하는 특별위원회가 열렸다. 거기서 제로델은 신체와 정신 양쪽 모두 다양한 테스트를 받았다.

제로델의 내부는 사람의 뼈와 근육, 혈관을 본떠 만들

어져 엑스레이상으로는 사람과 차이가 없었다. 재질은 달랐으나 육안으로는 구분이 불가능했다. 이음매 없는 피부도 금속을 가리는 용도가 아닌 감각 기관이었다. 힘은 역도 선수 정도, 유연함은 체조 선수 정도였으나 고개를 180도 돌리는 등의 인간에게 불가능한 자세는 하지 못했다.

제로델이 인간과 다른 결정적인 차이는 두 가지였다. 첫 번째는 슈퍼컴퓨터 수준의 기억력이었다. 제로델의 지식은 한 사람이 품을 수 있는 양을 넘어섰다. 마르 박사는 제로델의 용량이 무한하지는 않다고 했다. 오래도록 쓰이지 않은 기억과 지식은 하위 폴더로 내려가고, 용량이 부족해지면 자연스레 삭제된다고 했다.

두 번째는 생식능력의 부재였다. 생명의 중요한 성질 중 하나가 유전자를 남기는 것이라는 한 위원의 지적에 에레나 마르는 제로델이 생식 기능은 없으나 성행위는 가능하다고 대답했다. 이 말이 찬성자들의 의견에 힘을 실었다. 인간 중에서도 성행위는 가능하나 생식은 불가하거나 어려운 사람들이 있다는 걸 감안하면, 제로델에게 시민권을 주지 않을 이유는 없다는 주장이었다.

제로델은 행성 유르베의 이주민들이 받는 테스트를 기록적인 성적으로 통과했다. 예견된 테스트 통과를 마지막으로 제로델은 시민권을 받았다.

그리고 문제의 사건이 터졌다. 관련자들의 인터뷰가 나왔다. 가드 공작은 인터뷰에 응하지 않았고, 몬타위 남작부인은 실루엣으로 나와 변조된 음성으로 인터뷰했다. 카이유와가 특유의 어조로 그녀임을 알아봤을 뿐이었다. 말을 아끼는 게, 이나마도 남작에게 겨우 허락받은 듯했다.

케슬러 전 사법대신도 출연해 가드 공작이 막판에 고소를 취하한 것에 대한 맹공과 당시 로봇을 동원해 법집행을 방해하던 이들에게 주의 처분만 내려진 것에 대해서 격한 분노를 토했다.

— 가드 공작이 고소를 취하했다는 게 그가 무죄라는 뜻은 아닙니다. 심지어 가드 공작은 제대로 된 절차

를 밟지 않고 바로 폐기처리장에 연락했습니다. 극단적인 상황에 당황한 담당자가 임의로 폐기를 중지했던 겁니다. 합법적인 절차가 숫자로 밀어붙인 시위로 무산되었던 거죠. 설사 제로델이 무죄라 해도 그가 인간이라는 건 얼토당토않은 주장입니다. 인간과 침팬지의 유전형질은 98.4퍼센트 일치합니다. 그래서 침팬지가 인간입니까? 제로델에게는 모든 생명체에게 있는 DNA가 없습니다. 인간은커녕 생명체도 아니란 말입니다. 그래도 정신적인 면에서 인간과 99퍼센트 유사하다고 칩시다. 그렇다고 인간일까요? 사람과 깊은 수준으로 교감하는 동물들이 있습니다. 개, 고양이, 말이 대표적이죠. 제로델이 그보다는 더 교감했을지 몰라도 인간은 아닙니다. 일부 여성들이 제로델에게 열광했다는 것 잘 압니다. 서로 사랑했다고 하더군요.

케슬러는 기가 차다는 듯 한숨을 토했다. 세월과 경험은 그녀를 더 완고하게 만들었다.

— 고양이는 잘해준다고 다가오지 않습니다. 함께 사

는 가족 중 자신에게 가장 무뚝뚝한 이에게 가장 큰 애정을 보이기도 합니다. 기준이 명확하지 않죠. 그래서 사람들은 동물이 자신에게 마음을 열 때 감동을 느끼는 겁니다. 신비스러운 일로 여겨지죠. 제로델이 그랬습니다. 만나는 이와 거절하는 이가 있었습니다. 기준요? 그걸 누가 알겠습니까? 그래서 그를 만난 이들이 자신과 그의 관계가 특별했다고 여기는 겁니다. 혼자만의 착각이에요. 사랑은 본능입니다. 표현이 학습될 뿐이죠. 제로델은 학습된 대로 말하고 행동하는 로봇이라고요.

— 사람 또한 꼭 잘해주는 사람을 좋아하게 되지는 않습니다. 자신에게 매몰찬 사람에게 더 끌리기도 하죠. 어떤 사람은 사랑하게 되고 어떤 사람은 사랑하게 되지 않는가에 대한 기준은 사람 역시 불명확하지 않습니까?

사회자가 물었다.

— 제로델은 인간이 아닙니다. 마르 박사가 만든 기계, 섹스로이드라고요. 왜 이 단순한 진실을 못 보는 거죠? 한없이 인간에 가까운 존재는 인간이다? 인간은 수

학이 아닙니다! 제로델의 뼈와 근육, 피부가 겉보기에는 인간과 흡사할지 몰라도 재질은 완전히 다릅니다.

― 인공 뼈나 기관을 삽입한 사람의 경우….

― 사람으로 태어나 약화되거나 손상된 부분을 일부 기계로 교체한 것과 애초에 기계로 만들어진 존재가 같습니까? 기자라면 객관적이고 공정해야죠. 어째서 편향된 질문을 하는 겁니까?

귀가 따가워진 카이유와가 손짓으로 음량을 줄였다.

케슬러는 공정을 완전히 잘못된 의미로 쓰고 있었다. 많은 경우 '공정하라'는 의문을 제기하지 마라, 반대하지 마라, 가만히 있으라는 강요를 포장하는 데 쓰였다. 중립이 선택하지 않기로 하는 선택으로 그 또한 선택이고 결정이듯, 때로 가장 비겁한 형태의 회피이듯, 원뜻 그대로의 공정 또한 오직 이론으로만 존재했다. 어느 결정을 공정하게 보느냐는 개개인의 통찰력과 사유의 깊이에 따라 달라지는 선택이었다.

다음에 나온 이는 뮈세였다. 외모가 드라마틱하게 바

꿰어 소개를 듣기 전에는 그를 알아보지 못했다. 카이유와는 음량을 키웠다.

— 케슬러 전 사법대신은 당시 제로델을 지키려는 이들이 동원한 로봇을 제가 재프로그래밍 했다고 주장합니다. 근위병 로봇에게 위협을 가했다고요. 그건 절대 사실이 아닙니다. 농장용 로봇처럼 일터를 떠난 바 없는 로봇이 거리에서 움직일 수 있도록 도로 정보를 입력했을 뿐입니다. 그날 영상 기록을 보세요. 로봇들은 서로 충돌하지 않았습니다. 부인들이 몸으로 막은 게 전부입니다. 그날 로봇 공학자들이 바로 추가된 프로그램을 확인했는데도 케슬러 전 사법대신은 여전히 같은 주장을 하니 답답합니다. 증거가 명확한데 왜 받아들이질 못하죠? 제로델이 인간이라는 걸 받아들이지 못하는 것처럼요.

카이유와는 뮈세의 인터뷰에서 묘한 위화감을 느꼈지만 곱씹을 겨를 없이 다른 인터뷰가 나왔다.

몰리에르는 제로델이 몹시 사려 깊은 이였다고 말했

다. 그녀는 작위를 내려놓고 이혼해 죽 혼자 살다가 몇 해 전 재혼했다. 행복해 보이는 그녀의 모습에 카이유와의 얼굴에 잔잔한 웃음꽃이 피었다.

르브뢴 공작부인은 케슬러에 대한 독설을 퍼부었다. 그녀는 제로델이 사라지고 몇 년 후에 별거에 들어갔으나 이혼하지는 않았다. 술에 취한 르브뢴 공작이 그녀의 집에 난입하려 들어 별거 사유가 알음알음 퍼졌다. 공작부인 자리를 내려놓기 싫어서 이혼하지 않는다는 구설수가 따라붙으며 사교계에서 영향력을 잃었다. 그 반대급부인지 그녀 또한 언행이 전보다 강경해져 있었다.

— 가드 공작은 무고한 이를 고소하고도 아무 처벌도 받지 않았습니다. 뻔뻔하게도 아직도 공작위를 유지하고 있죠.

뜻밖에 르브뢴은 가드에 대해서는 길게 언급하지 않았다. 덕분에 카이유와는 자신이 위화감을 느낀 이유를 찾을 수 있었다. 뮈세가 한 말 뒤에는 '인공지능이라면 그런 실수를 하지 않을 것'이라는 말이 빠져 있었다. 당시 많은 제로델의 옹호자가 법집행관을 인공지능으로 바꿔야 한다는 주장을 펼쳤다. 지금은 아무도 그 말을 하지 않고 있었다.

그의 입가에 작은 웃음이 떠올랐다. 중재직을 내려놓은 뒤 감이 둔해진 것이다.

케슬러 또한 귀족위를 영구직이 아닌 기간제로 바꿔야 한다는 말을 꺼내지 않았다. 피차 그 무기는 거두기로 합의가 이루어진 모양이었다. 르브뢴은 가드가 공작위를 유지하고 있는 건 싫지만 그걸 물고 늘어졌다가는 작위를 기간제로 운영해야 한다는 주장이 나올까 우려하는 것이다.

카이유와의 낯빛이 다시 흐려졌다. 뮈세가 로봇을 재프로그래밍하지 않았다고 해도, 그날 일은 유르베에 무력시위와 무력진압의 가능성을 열었다. 마시밀 부근부터 폐기장까지 수만 평의 무고한 자연이 훼손당했는데도 누구도 책임지지 않았으며 이번 특집에서도 언급조차 되지 않았다. 자연은 스스로 따지지 않기에 묻힌 것이다.

─ 이번에 나올 분은 정말 어렵게 설득했습니다. 당시 제로델의 폐기 담당자입니다. 익명으로 나가는 점에 대해 시청자분들의 양해 구합니다.

사람이 아예 없는 풍경을 배경으로 성별조차 알 수 없게 변조된 목소리가 나왔다.

─ 전날에 방에서 샹들리에를 보던 기억이 아직도 생생합니다. 거기에 목을 매달아 죽어버릴까 고민했거든요. 당일에는 당장이라도 옥상에 올라가서 뛰어내리고 싶을 만큼 극심한 압박을 받았습니다. 전 제로델과 이야기해본 적이 없어요. 그가 인간인지 아닌지에 대해서는 할 말이 없습니다. 제가 말씀드리고 싶은 건 그에게는 제품번호가 없었다는 겁니다. 폐기물을 처리하려면 제품번호 입력은 필수거든요. 어쩔 수 없이 일회용 프로그램을 짜야 했어요. 예정보다 늦었지만 곧 제로델이 도착하니 절차를 시작할 준비를 하라는 알림이 오더군요. 하지만 제게 주어졌던 건 제품의 일련번호가 아닌 시민의

시민번호였어요! 차마 입력하지 못하고 있는데 가드 공작의 연락을 받았어요. 고소를 취하했으니 폐기를 중지하라는 말을 들은 순간 지옥에서 천국으로 끌어올려진 기분이었어요. 그가 폐기되지 않아 진심으로 다행이라고 생각합니다.

이후 인공지능 관계자들의 인터뷰로 넘어갔다. 그들은 제로델을 인간으로 보는가 아닌가에 대해서는 확답을 피했다. 제로델이 없는 지금은 더더욱 해답을 찾을 수 없는 해묵은 논쟁에 발을 들이기 싫은 것이다. 당시 일을 어제 일처럼 기억하는 이들이 산재해 있었다. 대신 다른 이야기를 꺼냈다.

— 당시 저는 폐기에 반대했습니다. 유르베에서 폐기란 분해해서 재활용한다는 의미인데, 제로델을 분해할 수 있는 사람이 없었습니다. 결국 녹여야 했습니다.

제로델이 체포된 후 케슬러 전 사법대신이 수색 영장을 발부해 마르 박사의 연구실을 수색했으나 헛수고였죠. 마르 박사는 그 몇 달 전 자신의 건강이 회복 불능하게 악화되어 가자 제로델을 포함해서 자신이 만든 로봇의 설계도를 모두 삭제했습니다. 컴퓨터 공학자들이 갖은 방법을 동원했지만 복구하지 못했지요. 심지어 그녀는 자신의 공방을 스스로 분해해 폐기 처리해 두기까지 했어요.

동물 로봇도 실제와 유사한 움직임을 구현하기 힘든데, 음성 언어와 몸짓을 포함한 복잡한 언어체계를 사람과 유사하게 쓰면서 동작까지 정밀한 휴머노이드를 만드는 건 말할 나위가 없죠. 저는 기회가 닿을 때마다 타행성의 로봇 공학자에게 제로델의 영상을 보여줬습니다. 제가 로봇이라고 말하기 전에 제로델을 로봇이라 알아본 이는 아직 아무도 없습니다. 그 정도 수준의 로봇을 언제 또 만들지는 요원한 일입니다. 여전히 마르 박사가 만든 설치류 하나도 수리하지 못하는 형편이에요. 그가 문제를 일으킨 게 사실이었다 해도 유르베에서 적절한 감시 하에 연구 자원으로 활용했어야 합니다. 커다란 손실이에요.

마르 박사 사후에 뮈세가 취조 받던 영상이 나왔다.

뮈세는 자신이 마르 박사의 도제로 제로델 및 다른 로봇들 제작에 참여한 건 사실이나 설계도를 만들 수준은 되지 못한다고 했다. 마르 박사가 설계도를 모두 삭제한 것 또한 전혀 모르는 일이라고 진술했다. 거짓말 탐지기가 그의 말이 사실임을 확인시켰다.

표정으로 보아 뮈세야 말로 설계도와 공방이 사라졌다는 사실에 공황에 빠져 있었다. 제로델에게 문제가 생기면 수리할 수 있는 사람도 방법도 없었다.

— 가드 공작이 고소를 취하한 뒤 제로델은 사라졌습니다. 그는 과연 어디로 갔을까요?

제로델이 사라졌다는 게 알려진 건 그가 집을 나간 지 보름 뒤였다. 그를 만나게 해 달라는 뭇 부인들의 성화보다 제로델이 걱정된 하녀가 그가 집에 돌아오고 있지 않다고 밝힌 것이다. 부인들은 제로델을 행방불명으로 신고하고 수색대를 꾸릴 것을 경찰에 요구했으나 경찰은 거부했다. 익명을 요구하고 화면을 모자이크 처리한 당시 경찰 간부가 말했다.

— 제로델은 제작된 지 약 2년 뒤 법적 성인인 18세로 시민증을 받았습니다. 체형과 지식, 사회생활 능력 모두 성인으로 인정받았기 때문입니다. 따라서 신고를 받은 당시에는 시민증 나이로 31세였습니다. 위험에 빠졌다는 명확한 증거가 없는 성인인 지라 절차 상 수색대를 꾸릴 수 없었습니다. 혼자 여행을 떠났을 가능성이 높았고, 얼마 뒤 사실로 판명되었습니다.

우주 공항 내부를 찍은 감시 카메라 영상 속에서 제로델이 가벼운 발걸음을 옮기고 있었다. 가방조차 들지 않은 빈손으로 제로델은 행성 유르베를 떠났다. 유르베를 떠나는 이들은 타행성 정착 지원금을 받았다. 제로델은 별도의 심사가 필요 없는 기본 금액을 요청했다. 인공지능은 매뉴얼에 따라 그의 이주 신청서를 처리했다.

우주 공항 감시 카메라를 확인한 건 일곱 행성에 사기꾼으로 수배된 이가 신분증을 위조해 유르베에 사업을 빌미로 방문했다는 우주 연합의 수색 협조 공문 때문이었다. 거기에 제로델이 잡혔다. 카이유와는 감시카메라 속 제로델의 옷차림을 알아보았다. 그의 얼굴에 따스한 웃음이 퍼졌다.

그가 유르베를 떠난 게 확인된 뒤에도, 유르베 어딘가에 있다는 소문이 떠돌았다. 제로델을 사랑한 부인이 그를 납치해 저택에 가둬두고 있다는 말이 퍼져 그 대상으로 지목된 부인은 파티를 열어 해명해야 했다.

행성 지구13으로 떠날 준비를 하던 크리스틴도 제로델과 만나기로 한 게 아니냐는 시달림을 받았다. 그녀는 정 의심되면 자기와 함께 가서 직접 확인해 보라고 했다. 그녀가 지구13으로 갈 때 실제로 여러 부인이 그녀를 따라 나섰다. 크리스틴이야말로 제로델이 지구13에서 자신을 기다리고 있기를 바랐으나 그는 나타나지 않았다.

제로델이 미개발 행성을 탐사하고 있다거나 어느 평화로운 행성에서 부유한 부인의 사랑을 받으며 지내고 있다는 말들이 철새처럼 왔다 사라지기를 반복했다. 그가 떠난 이유도 어머니의 죽음으로 인해 해방감을 느껴서, 어머니가 죽자 더 이상 부인들의 돈이 필요 없어져서, 폐기될 뻔한 위기를 겪으며 유르베에 완전히 질려서 등등의 추측이 오갔다. 그에 대해 어떠한 말들이 나왔던 간에 그 후 아무도 그의 소식을 듣지 못했다.

제로델은 범죄자가 아니기에 그의 행선지를 열람하거나 추적할 수 없다는 말로 사회자는 설명을 마쳤다.

마지막으로 나온 사람은 크리스틴이었다. 그녀는 여러 행성을 떠돌아다니며 전시회를 여는 한편으로 타고난 외모 그대로 살아야 한다는 자연주의파로 활약하고 있었다.

— 아직도 제로델을 섹스로이드 운운하는 케슬러 씨의 편협함에 진심으로 유감을 표합니다. 제로델을 섹스로이드라 칭하는 건, 인간은 명확한 발정기가 없어 언제든 섹스 할 수 있고 한다는 이유로 인간을 성교하는 동물이라고 정의하는 것과 같습니다. 그 어떤 존재도, 생물도 성행위만으로 규정지을 수 없습니다.

그녀는 제로델에게 하는 말로 인터뷰를 마무리했다.

— 제로델, 나는 지금 행성 험다에서 지내고 있어요. 당신을 다시 만날 날을 고대하고 있습니다.

카이유와가 가드 공작의 연락을 받은 건 그 며칠 뒤였다.

☙

폭설처럼 하얀 풀씨가 산을 뒤덮었다. 카이유와는 자연이 주는 황홀경에 사로잡혔다. 코튼이 가까워지자 청록색 바다가 드넓게 펼쳐졌다. 집과 예배당을 오가느라 상공에서 지상을 바라보는 게 이 얼마만인가 싶었다.

"속도를 늦출까요?"

비행선의 인공지능이 그의 상태에 반응하며 물었다.

"그게 좋겠군."

카이유와는 푹신한 등받이에 몸을 묻었다. 최근 들어 부쩍 나이가 느껴졌다.

가드 공작의 저택은 소박한 단층이었다. 제로델 사건 때 만났던 집사 로봇이 세월이 무색하게 변함없는 모습으로 그를 맞이해 부인의 침실로 안내했다. 집사를 따라가며 카이유와는 가드 공작 또한 늙었음을 느꼈다. 일상 보조 로봇을 신제품으로 바꾸지 못하며 새로운 프로그램을 따라가지 못하는 시점이 늙기 시작하는 때였다. 미리 마음의 준비를 하지 않았다면 가드 공작을 본 순간 그는 놀란 기색을 감추지 못했을 것이다.

침대에 누워있던 가드 공작이 집사의 도움을 받아 몸을 일으켰다. 집사는 공작의 등에 베개를 받쳐주고 방에서 나갔다. 공작은 카이유와에게 침대 가까이에 있는 의자를 권했다.

공작은 최소한의 화장도 하지 않고 자신의 상태를 그대로 드러냈다. 고작 30년이 흘렀을 뿐인데 그녀는 한때 그토록 찬양받던 미모를 완전히 상실했다. 그녀는 쉰소리가 섞여 나오는 목소리로 입을 열었다.

"이렇게 오시라고 해서 죄송합니다, 추기경. 일어나

지 못하는 실례에 대해서도 사과드리겠어요."

카이유와는 더 이상 추기경이 아니었으나 공작이 그걸 모르고 한 말일 리는 없으므로 굳이 정정하지 않았다.

"전 죽어가고 있답니다. 죽기 전에 고해성사를 하고 싶어요."

"전 언제든 준비가 되어 있답니다."

"감사합니다, 추기경."

카이유와는 저택에 머무르며 공작의 상태에 따라 체스나 말상대가 되어 주었다. 코튼은 적막한 곳이었다. 한창 때 가드 공작을 떠올린다면 도저히 어울릴 곳이 아니었지만 그녀는 이곳과 동화되어 남은 시간을 보내고 있었다.

집사가 바닷가에 차탁을 마련했다. 짝짓기 철을 맞은 바닷새들이 하늘을 수놓았다. 그중 압도적인 화려함을 뽐내는 건 노란부리차이라였다. 수컷 노란부리차이라 들은 연 꼬리처럼 긴 꼬리깃을 늘어뜨린 채 공중으로 치솟았다가 일순 꼬리깃을 펼쳤다. 꼬리깃이 부채처럼 펼쳐지면 추진력을 잃고 바다로 추락했다. 노란부리차이라는 물에 빠지기 직전 다시 꼬리깃을 모으고 힘차게 상승했다. 그걸 수천 마리의 새들이 반복했다.

"해마다 보는데 매번 놀라워요. 오늘이 절정일 거예요."

"절 여기로 데려와 주셔서 감사합니다."

카이유와가 전율 속에서 대답했다.

그림자가 길어지는데 비례해서 새들의 숫자가 줄었다. 새들의 울음소리가 잦아들자 파도 소리가 들렸다. 소금기를 머금은 바람이 가드 공작의 하얗게 센 머리를 날렸다. 파도가 쉼 없이 모래에 물결무늬를 새겼다.

"바다는 무슨 회한이 저리 많아 썼다간 지우고, 지웠다가는 또 쓸까요."

공작이 나직하게 읊조렸다.

가드와 카이유와는 30년 전 어느 흐린 날로 돌아갔다.

"그를 마지막으로 만난 분은 추기경이시죠."

카이유와는 잔잔한 사이를 두고 대답했다.

"그의 친구였죠. 이름이 뮈세라던가요."

"뮈세는 그와 이렇다 할 대화를 나누지 않았다고 했어요. 추기경은 제로델의 폐기 예정일 전날에 그를 만나셨죠. 그가 무슨 이야기를 하던가요? 추기경께도 아무 말 하지 않았나요?"

"전 고해성사 때 한 말에 대해 비밀을 지킵니다. 지금 공작과 나누는 이야기에 대해서도 그러하듯이요."

"전, 알 권리가, 있어요."

봄이 오며 얼어붙었던 개울이 녹듯 내내 유지하던 가면이 무너져 내렸다.

"뮈세에게 고소를 취하할 테니 그를 데리고 가라고 알려준 건 저였어요."

"그를 고소한 것도 공작이셨죠."

"그를 진심으로 사랑했던 사람도 저뿐이었어요."

가드 공작의 눈에서 분노와 슬픔을 담은 빛이 반짝였다.

"다시는 유르베 사교장에 발을 들여놓지 못했지만, 그럴 수 있다고 해도 가지 않았을 거예요. 그가 없는 곳은 아무런 의미가 없으니까요."

사교계 부인들은 가드 공작을 용서하지 않았다. 그녀는 요양을 핑계로 사교계를 떠났다.

"제 병명을 아시나요?"

"모릅니다."

"노환이에요. 늙기 위해 얼마나 많은 노력이 필요했는지…."

일상적으로 쓰는 화장품, 매일 마시는 차와 물, 음식에 넣는 양념에도 노화 방지제가 들어 있었다. 행성 유르베에서 노화 방지는 시술이 아닌 일상이었다. 가드는 자신이 먹고 마시는 모든 것들을 스스로 재조합해야 했다. 오래된 습관으로 여전히 바르는 가벼운 미용 제품조차 직접 만들었다.

"의사가 펄펄 뛰더군요. 이 또한 자살 시도, 최소한 자해라고요. 주에 한 번은 정신과 의사와 상담해야 해요.

성가신 일이죠."

카이유와가 눈으로 질문을 던졌다.

"그가 떠난 뒤 제가 어떻게 되었는지 보여주고 싶었죠. 자해보다는… 차라리 과시 아니, 시위가 적절한 표현이군요."

카이유와는 두 손을 맞잡았다. 가드 공작은 자존심을 버렸다. 이제 이야기를 할 시간이었다.

"추기경께서도 그를 보셨죠. 그가 어떻던가요?"

"아름다운 젊은이더군요."

"그렇죠. 그는 아름다웠어요. 그래서 눈길을 끌었죠."

공작은 자기만의 생각에 잠긴 사람의 혼잣말처럼 말을 이었다.

"아름다움이란, 뭘까요?"

그녀는 볼품없어진 자신의 손을 쓰다듬었다.

"크리스틴은 유르베에서 성형을 한 번도 하지 않은 이는 자기와 제로델뿐일 거라고 떠들곤 했죠. 그게 둘을 잇는 대단한 끈이라도 되는 것처럼…."

가드의 입가에 냉소가 스쳤다.

"그래서 크리스틴이 화장도 안 하고 머리도 안 만지고 좋은 옷도 거부하나요? 제 외모가 시시때때로 달라 보인 건 화장과 헤어, 옷차림의 마법이었어요. 저 또한 시술조차 해본 적 없답니다."

가드는 극한의 아름다움을 지닌 채 태어난 이였다.

"크리스틴은 유르베가 풍요로운 만큼 한가해서 다들 외모에 목숨을 건다고 말해요. 기술의 발달로 성형이 옷을 갈아입듯 쉬워지고, 성형으로 아름다운 외모를 획득한 이들이 나서서 미에 대한 광기를 부추긴다고요. 마치 기술이 발달하기 전에는 사람들이 아름다움에 대해서 무관심했던 것처럼요. 고래수염, 솜 따위로 엉덩이, 허리, 가슴, 고환을 강조하는 건 인류의 역사와 함께해 왔어요. 목을 기린처럼 늘리고, 두개골을 삼각뿔 형태로 만들거나 입술을 접시처럼 확장시키며 자기 시대에서 가능한 모든 방법을 동원해왔죠. 보세요!"

아직 남은 새들의 구애 현장으로 가드가 다급하게 검

지를 뻗었다.

"아…!"

유독 길고 선명한 색의 꼬리를 가진 노란부리차이라
가 포탄처럼 공중으로 솟구쳤다. 절정에 이르기 직전 꼬
리깃을 펴 추진력이 준 짧은 상승을 마친 뒤 하강했다.
공작이 그에게 망원경을 건넸다. 카이유와는 흥분해서
초점을 맞췄다. 노란부리차이라의 꼬리에는 작은 흠조
차 없었다. 해수면이 코앞인 데도 멈추지 않았다. 수면
에는 그들을 노리는 포식자들이 포진해 있었다. 노란부
리 차이라는 파도를 박차고 날아올랐다. 뛰어오른 포식
자는 헛되이 바다로 돌아갔다.

"노란부리차이라는 가장 아름다운 수컷 한 마리가
7할의 암컷과 짝짓기를 해요."

"그게 조금 전 그 새가 될 것 같군요."

"추기경이 보시기에도 그렇죠? 조금 전 차이라는 우
리를 위해 스스로를 과시한 게 아니에요. 그러나 우리도
매료되었어요. 새가 보기에 아름다운 새가 사람이 보기

에도 아름답죠. 미에 대한 추구는 생물종에 내재된 본능이에요. 보편적 미는 존재해요. 제로델처럼, 저처럼요."

살면서 카이유와는 외모가 삶에 미치는 영향을 수없이 목도해왔다. 타행성에 행성 유하의 만행을 알리는 영상을 제작할 때면 미모의 진행자를 뽑았다. 그래야 더 많은 이들이 보았다. 카이유와는 성형을 하는 이들을 이해했다. 천성처럼 아름다움을 추구해온 인간 세상에서 날 때부터 아름다워야 진정한 미라는 것은 얼마나 잔인한 요구인가. 그렇기에 그는 더욱 타고난 외형을 그 자체로 바라보기 위해 노력해 왔다. 또한 카이유와는 가드 공작이 빛나던 날을 기억했다. 태생적인 아름다움에는 수정과 보완을 거듭한 아름다움과는 다른 감동이 있었다. 스스로 노화를 택한 지금도 가드에게는 얼핏얼핏 그때의 흔적들이 엿보였다.

"기억조차 나지 않는 아주 어린 시절부터 저는 사람들의 관심을 끌었어요. 누구나 제게 친절했죠. 전 정원사였어요. 고객도 많았죠. 제가 아름다웠기 때문이에요.

고객들은 정원에 흡족해했어요. 저와 잠자리를 하고 싶으니까요. 진짜 정원을 가꾸려는 사람들은 제게 의뢰하지 않았어요. 많은 남자들이, 그리고 때로는 여자들도 미인은 일을 못한다고, 제 평점이 높은 건 제 미모 때문이라고 생각해요. 그 사람들을 탓할 수야 없죠. 고객이 만족하는 게 정원인지, 제 외모인지 저조차 모르는 걸요."

그녀는 정원에서 장미를 가꾸듯 덤덤하게 말했다.

"제로델이 화제에 오르더군요. 유행의 선두주자였던 제가 지나쳐서야 되겠어요? 파티에 초대했는데 거절 받았죠. 사람들은 제가 그 일로 단단히 자존심이 상했을 거라고 오해해요. 제가 얼마나 많은 장벽과 거절에 부딪치며 살아왔는지 누가 알겠어요?

마침내 직접 본 그는 기본적인 보정을 하는 화면보다 더 매혹적이었어요. 하지만 그가 제 눈을 끈 건 아름다움 자체가 아니라 자신의 아름다움을 다루는 방식이었죠. 저는 사람들의 기대에 저를 맞춰왔어요. 아름다운 여자는 이렇게, 저렇게 행동할 것이다, 거기에 응해왔죠. 저는 제 외모에 대한 기대치에 부합하는 언변과 미용과 처세를 익혀 저에 대한 환상을 꾸준히 지속하게 하기 위해 살아왔다고 해도 과언이 아니에요. 제로델은 자신의 아름다움에게 휘둘리지 않았어요. 주어진 만큼 받아들여 누렸죠. 어떻게 그럴 수 있는 거지? 그에 대해 알고 싶어졌어요.

왕비의 생일파티가 생각나는군요. 전 그날을 위해 새로운 머리를 디자인했죠. 왕비가 그럴 거라는 이야기를 들었거든요. 하지만 이길 자신이 있었어요. 수석 미용사 한 명과 보조 미용사 둘, 시종 열 명이 만들어낸 머리였죠. 머리를 위와 아랫부분으로 나눠서 아랫부분은 섬세하게 말고, 윗부분은 각진 탑을 만들었어요. 왕비의 원형 탑도 멋졌지만, 각진 탑을 시도한 건 제가 처음이었죠. 그날의 주인공은 제가 되었어요. 왕비도 결국 패배를 인정했지요. 제게 다가와 머리를 칭찬하며 제 미용사를 소개해 달라더군요. 전 우아하게 항복을 받아들이고,

왕비가 파티의 주역이 되도록 도와줬죠. 왕비와는 적절한 선에서 잘 지낼 필요가 있으니까요. 어차피 모두 제가 승리했다는 걸 알고 있었고요. 그래요, 그렇게 되어야 했어요. 그 날 전 주역보다 빛나는 조역이어야 했어요. 그럴 수도 있었죠. 그가, 제로델이, 크리스틴에게 춤을 신청하지만 않았더라도요."

호흡이 가팔라지는 바람에 공작의 말이 끊겼다.

"쉬시는 게….."

"물을 좀 주시겠어요? 계속하고 싶군요."

카이유와는 그녀의 손에 물 잔을 건넸다. 그녀는 떨리는 손으로 물을 마셨다.

"전 이미 한 곡을 춘 후였고, 머리가 무거웠기 때문에 춤을 많이 출 생각이 없었어요. 의자에 앉아서 부인들과 청년들에게 둘러싸여 이야기하고 있었죠. 그때 사람들 사이에서 소란이 일었어요. 소요가 일어난 중심에서 그가 크리스틴과 춤을 추고 있었어요. 크리스틴하고요! 성형을 하지 않았다는 걸로 으스대며 자신을 대단히 진취적인 존재인 양, 저를 뭇 여성들에게 박탈감을 조장하는 악의 축인 양 대하는 그 계집애하고요! 그때 그를 만나야겠다는 결심을 했어요."

집사가 주의 깊은 인기척을 내며 다가와 약을 건넸다. 공작은 놔두고 가라고 손짓했다.

"저는 그를 바로 인간으로 인지했지요. 케슬러 사법대신은 제로델과 제대로 된 대화를 해 본 적이 없어요. 잠시라도 마음을 열고 대화했다면 그가 인간임을 의심하지 않았을 거예요. 제로델은 절 유혹하려 하지 않았죠. 그걸 고소해하는 사람들이 있더군요. 설마 제가 이 세상 사람들이 다 절 유혹하길 바라겠어요?"

가드가 실소했다.

"저는 굳이 해명하지 않았어요. 아주 어려서부터 누가 제게 다가올 때마다 일상적인 호의인지, 유혹인지 헷갈렸죠. 어느 순간부터 그걸 따지는 걸 그만뒀어요. 성인이 된 후 정원사로 일했는데, 제가 농장만 가꾼다고 생각하는 사람들에게 일일이 설명하지 않았듯, 제 일이 잘 되는 게 제 외모 때문이라고 생각하는 사람들에게 반박하지 않았듯, 그냥 내버려뒀죠."

가드의 얼굴에 일순 생기가 돌았다.

"제로델이 춤추는 모습을 보셨나요?"

"영상으로만 봤습니다."

"단순한 춤곡도 발레리나처럼 중력을 거스르듯 움직였어요. 아름다움에 치여서 살다 보니 미모의 배우들을 보는 것만으로도 눈이 피로해져서 영화나 드라마도 기피하거든요. 타인의 아름다움에 매료된 건 처음이었어요. 시종에게 그를 불러오라고 지시했죠. 그는 제가 말한 시간에 왔어요. 그리고…."

공작은 무척 망설였지만 결국 참지 못했다.

"다른 부인들도 이야기하던가요? 그와의 잠자리를?"

카이유와는 침묵했다. 그녀는 여린 한숨을 내쉬었다.

"…그는, 완벽했어요. 몸과 마음 모두 그처럼 흡족해지는 잠자리를 가져본 적이 없었죠. 그는 절 여왕처럼 숭배했어요. 그 뒤로 기회가 있을 때마다 그를 만났죠."

그녀의 시선이 과거로 향했다.

"그날 밤도 그랬어요. 그는 언제나처럼 제 사랑의 포로였죠. 제 앞에서 무릎을 꿇고 제 발을 애무했어요. 시야에 그의 가르마와 완만한 호를 그리는 어깨가 잡혔죠. 마침내 제게 구애하는 남자들의 마음을 알겠더군요. 아름다운 육체에 사로잡힌다는 게 어떤 건지 진정으로 이해한 거죠. 갑자기 크리스틴이 생각났어요. 그 계집애도 이 각도에서 그를 바라보았을까?"

크리스틴에 대한 표현은 살벌했지만 말투는 담담했다.

"그가 떠나려 할 때 절 숭배한 남자들이 그토록 듣고 싶어 한 말을 그에게 내렸죠. '내 애인이 되도록 해. 앞으로 다른 여인들은 만나지 않는 것이 좋겠어.'라고요."

격정어린 침묵이 지나갔다.

"그 한 마디가 모든 걸 바꿔놨어요. 방금 전까지 뜨거운 연인이었던 그가 낯선 얼굴로 일어서더군요."

"그래서 그를 고소하셨군요."

"그렇게 생각하세요?"

가드 부인의 언성에 분노가 담겼다.

"아니에요, 아닙니다! 제가 옷을 찢고 비명을 지른 건 그를 모함하고자 함이 아니었어요. 저는 수많은 구애를 받았죠. 하지만 단 한 번도 상대가 절 진심으로 사랑한다고 믿은 적 없어요. 케슬러는 제로델이 학습을 통한 긍정적인 리액션을 할 뿐이라고 하죠. 얼마나 많은 남자들이 제 말마다 다 맞장구치며 사랑을 속삭였는지 아세요? 그들이 제게 속살거린 사랑은 사람이 했다는 이유로 진짜인가요? 외모도 성격처럼 제 일부니까, 외모를 보고 반하는 것도 저에게 반하는 거라고 믿기 위해 애썼던 적도 있지만 다 어릴 때 이야기예요. 한 사람을 사랑하고 그 사람에게 사랑받으려 하지만 않으면 되더군요. 인간은 난교해요. 혼외정사는 결혼제도와 궤적을 같이하죠. 애초에 인간의 욕망은 한 사람에게만 향하도록 되어 있질 않은 겁니다. 그걸 인정해 순간을 즐기는 연애에 절 맡기고 살았어요. 그런데 제로델이 돌아선 순간,

제가 외면해 오던 제 안의 공포가 수면으로 올라왔어요. 아무도 절 진정으로 사랑하지는 않는다고, 제가 진짜 어떤 사람인지 관심 두는 사람은 아무도 없다는…. 이성이 나갔어요. 비명이 터졌죠. 시녀장이 달려와서 무슨 일인지 물었고… 전 그를 잡아야 한다고 소리쳤어요."

그녀가 이야기를 재개하기까지는 시간이 필요했다.

"제로델은 한 번도 제게 아름답다는 찬사를 한 적이 없어요. 하지만 절 아름답다고 느끼는 건 몸짓과 눈빛에서 드러났죠. 제로델도 제가 아름다워서, 그저 유희를 즐기고 싶었던 걸까?"

가드는 거칠게 머리를 휘저었다.

"아니에요, 아니에요! 제로델은 다만 제 몸을 취하고 싶어하지 않았어요. 의례적인 인사도 은밀한 만남을 위한 암시로 받아들이는 이들과 달랐다고요! 저와 함께 진정 그 순간을 나누었어요."

가드의 격정적인 눈빛이 카이유와를 응시했다.

"신부님은 사랑을, 아시나요?"

카이유와는 그녀가 질문의 형태로 자신을 배려했음을 알아차렸다. 가드 공작은 삶에 대한 통찰 속에서 사랑을 모르고 살아갈 수 있는 이는 없다는 걸 확신하고 있었다.

— 사랑해.

행성 달루를 떠난 뒤 카이유와는 다시 금욕을 지켰으나 연인과 나누었던 사랑은 그의 몸에 화상처럼 새겨져 있었다.

— 사랑해!

맞닿아 있던 순간에도 찾아오던 절박한 그리움….

답을 요구한 게 아니었던 가드는 자신의 이야기로 돌아갔다.

"신부님이 만난 여인들 모두 자신이 그를 사랑했고 그에게 사랑받았노라 말한 걸 알아요. 전 그들과 달라요."

"어떤 면에서 다른지요?"

"확신하건대 부인들은 하나같이 신부님에게 제로델

이 자신에게 어떤 존재였는지 늘어놨을 겁니다. 그들 중 제로델에게 자신이 어떤 존재였는지 말한 사람이 단 한 명이라도 있었나요? 제로델의 감정을 신경 쓴 이는요?"

가드 공작은 대답을 기다릴 필요조차 느끼지 못했다.

"제로델에게 자신이 어떤 의미인지를 생각한 이는 저뿐이었어요. 저와 사랑을 나눌 때 제로델은 어떨까요? 저와 다른 여인들 사이에 어떤 차이가 있었을까요? 제로델은 오르가즘을 느낄까요?"

목을 축인 가드가 말을 이었다.

"남편이 죽기 전에 제게 딱 1년만 자신을 기려달라고 부탁하더군요. 전 그러겠다고 했어요. 웃더군요. 제 말을 믿지 않은 거예요. 충격이었죠. 하지만 저는 약속을 지켰어요. 1년간 최소한의 의무사항인 네 번만 모임을 참석했어요. 그것도 부인들만 참석하는 작은 티타임이 었죠.

섹스로이드 십여 대를 집에 들였지만 그건 남편과 한 약속을 어긴 거라고 생각하지 않아요. 1년 동안 육체로 구현할 수 있는 온갖 욕망이란 욕망은 마음껏 분출했어요. 상상력이 떨어질 무렵이면 인간의 방대한 역사 속에 있는 자료를 뒤졌죠. 섹스로이드들과 함께하는 건 재밌었어요. 눈치 볼 필요 없이 뭐든 마음대로 할 수 있었으니까요. 제가 사전에 입력한 대로 움직였고, 오르가즘을 연기했죠. 제로델은 얼마나 격정적으로 움직이든 결국은 입력된 대로 하기에 수동적인 섹스로이드가 아니었어요."

나이 들어 탁해진 눈이 붉게 젖어 들어갔다.

"때로는 제 의사에 반하기도 했죠. 그게 저를 더 짜릿하게 했어요. 제 뜻을 따라줄 때조차⋯ 그는 달랐어요. 그 어떤 섹스로이드도, 저의 상상력도, 그 많은 텍스트와 영상을 참고했던 그 어느 순간도 그와 함께한 밤에는 미치지 못했어요. 그건 상호작용으로만 가능한 뜨겁고 감미로운 황홀이었어요. 그와 만날수록 저는 그를 기쁘게 해줄 방법을 찾았죠. 때로는 그의 뜻을 살짝 비켜가면서요. 어떻게 하든 우리는 마지막 순간 합일점을 찾아 전보다 큰 기쁨 속에 잠기곤 했어요. 그게 가능하다는 게 놀라웠죠. 어느 날은 제가 자발적으로 그의 충실한 노예처럼 그를 애무하기도 했답니다. 저로 인해 극적인 무아지경에 이르는 연인의 모습은 제게도 최고의 황홀을 선사했죠. 제로델의 감정을 생각한 사람, 그에게 받기만 하는 게 아니라 진정 주려고 했던 이는 저뿐이라고요! 그랬는데, 그랬는데 왜? 왜 저를 떠난 거죠?"

— 가지 마!

긴 세월이 흘렀다. 뒤섞이고 흐릿해진 기억 속에서 사령관이 무너져 내려 그에게 절규했던 건 언제 일인지 기억할 수 없었다. 그와 자신의 마지막은 그가 사령관에게 미소 지었던 때가 아니었나?

— 제발 가지 마….

"그가 절 찾을 줄 알았어요. 그럼 그의 오해를 바로잡아주려고 했죠. 그럼 그는 제게 미안하다고 하고, 저는 그걸 받아들이고… 함께하길 꿈꿨어요.

인간은 모순적인 존재에요. 자신은 부정不貞해도 상

대는 자기에게 충실하길 바라죠. 일부다처제가 그 대표적인 예에요. 힘을 가진 이가 자신에게만 난교할 권한을 부여하고 상대는 자기에게 종속시키려는 욕망으로 만든 제도죠. 그러나 그 제도에 속박된 여인들이라고 해서 반드시 한 사내에게 메였던 건 아니예요. 때로 생을 걸고 마음이 통한 이와 정사를 나눴죠. 그게 사랑이든 욕망이든, 그 어떤 위협으로도 자기 자신의 의지로도 통제되지 않는 겁니다.

하지만 사교계의 여인들은 기꺼이 그를 공유했어요. 그를 만인의 연인으로 사랑했기 때문이에요. 그러나 만인의 연인으로 그를 사랑하는 건 사랑이 아니에요. 소유욕이 없는 사랑은 불가능해요. 본질적으로는 그를 로봇이라 인지했기에 나눠가질 수 있었던 거예요! 오직 저만이 그를 오롯이 인간으로 인지했고, 저만이 그를 진심으로 사랑했어요! 그를 통해 일방적인 위안과 만족을 얻는 게 아니라 저도 그에게 기쁨을 주었어요. 우린 달랐다고요! 왜 저를 버렸을까요? 이렇게 사랑하는데요!"

가드 공작의 버석하고 야윈 뺨 위로 뜨거운 눈물이 흘러내렸다.

"그가 어떠한 변호도 하지 않는 게 제게 화가 나서라고 믿었어요. 저도 침묵하는 그에게 화가 났죠. 시간이 갈수록… 그가 침묵하는 게 저 때문 같지가 않더군요. 그래서 그의 무고를 밝히지 못했고, 바로 그게 30년이 흐른 지금도 절 괴롭혀요. 그에게 저는 아무것도 아니었을지도 모른다는…. 어떻게 해야 그를 잡아둘 수 있었을까요? 다른 부인들처럼 그를 사랑했다면 지금도 제 옆에 있었을까요? 제가 그 이상을 원했기에 사라진 걸까요? 제가 고정된 애인을 두거나 재혼하기를 바라지 않았던 것처럼, 과하게 집착하는 이는 가차 없이 내쳤던 것처럼, 그도 그러했던 걸까요? 그래서 완벽한 연인에서 완전한 타인이 되어버렸던 걸까요? 하지만 저는 그의 일부만으로 만족할 수 없었어요. 그를 진심으로 사랑했어요, 그에게 온전히 사랑받고 싶었어요.

결혼 제도, 한 사람에게 몸과 마음 모두 예속시키겠다

는 공개 선언은 인간의 모든 문화권에 존재하죠. 저는 제로델과 함께한 첫날 이후 그 누구도 만나지 않았어요. 만날 수가 없었죠. 그 외에는 그 누구도 원하지 않았어요."

집사가 와서 투약을 더 미루어서는 안 된다는 뜻을 전했다. 공작은 약을 삼켰다. 휠체어 손잡이를 잡은 집사가 집으로 향했다. 휠체어에서 잠들었던 공작은 침대에 눕히는 감촉에 깼다. 그녀의 앙상한 손이 카이유와의 팔을 잡았다.

"그가 체포되지 않았더라면 마르 박사가 그렇게 죽지는 않았겠죠. 마르 박사가 죽었다는 소식에 전 정말 제가 한 일을 후회했어요. 제로델은 절 원망했겠죠? 절 증오해서, 그래서 유르베를 영영 떠난 걸까요?"

"그렇지 않을 겁니다."

"차라리 그런 거면 좋겠어요."

카이유와가 코튼을 떠나던 날의 하늘도 오던 날처럼 화창했다. 오랜만에 비행선을 타고 먼 길을 오가다 보니 제로델로 인해 부인들을 만나러 다니던 일이 머리를 스치고 지나갔다.

그는 가드 공작에게 진실을 말하지 않았다. 제로델을 마지막으로 만난 것도, 그와 마지막으로 대화한 것도 자신이었다. 그러나 그는 그 일을 이야기함으로써 그가 간직하고 있는 아직도 확실히 정의 내리기 어려운 감정을 드러내거나 손상시키고 싶지 않았다.

눈을 감자 어렵지 않게 그날로 돌아갈 수 있었다. 그는 제로델을 만나러 나선형으로 이어진 마시밀의 계단을 내려갔다. 간수장이 잠금장치를 해제했다.

감방 안에 눈여겨 볼만한 건 아무것도 없었다. 그가 온다는 소식에 급히 치웠으리라. 규칙에 따라 제로델의 두 다리는 사슬에 묶여있었으나 그 또한 직전에 묶인 것이라 확신했다.

그는 감방 안으로 한 발짝 내디뎠다.

제로델은 고개를 숙인 채 인기척에도 얼굴을 들지 않았다.

그는 슬픔에 잠겨 있었다.

카이유와는 수십, 수백 번 그날을 떠올렸다.

만일 그가 죽음을 목전에 두고 조금이라도 두려워하는 것처럼 보였거나 다만 체념하고 있었다면 납득하기 어렵지 않았을 것이다.

제로델은 어머니를 잃은 슬픔에 잠겨 있었다.

그가 자신으로 인해 어머니가 돌아가셨다거나 어머니의 임종을 지키지 못했다는 죄책감에 사로잡혀 있거나 혹은 차라리 자신이 폐기되는 걸 보지 못하고 돌아가셨음에 안도하는 것처럼 보였다면 역시 납득할 수 있었을 것이다.

제로델은 그 음울한 감옥 안에서 오로지 사랑하는 어머니를 잃은 아들이 느낄 수 있는 슬픔으로만 가득 차 있었다. 예상을 벗어났기에 더욱 인간적인 모습이었다. 경외심마저 느껴졌다.

동시에 과거의 참혹했던 삶을 통해 쌓인 경계심이 경고음을 울렸다. 제로델은 인공지능 로봇이었다. 그는 다만 이런 경우 드러낼 학습된 감정 중 최우선순위를 꺼내 유지하고 있을 뿐일지도 몰랐다.

감정이란 복합적이었다. 마르 박사가 죽은 지 며칠이 흘렀다. 사람의 감정은 한 가지로만 이루어지지 않았다. 시간이 흐르면 현재 상황과 앞날에 대한 수많은 생각들이 슬픔을 잠식하기 마련이었다. 바로 그 이유로 오롯이 한 가지 감정을 유지하는 모습이 일순 경외심을 일으켰던 것이다.

카이유와는 제로델을 면밀히 살폈다. 그가 일부러 자신을 무시하고 있는 건 아니었다. 다만 깊은 슬픔에 잠긴 사람이 그러하듯이 주위를 돌아볼 여유가 없을 뿐이었다. 적어도 그렇게 보였다. 그러나 제로델이 겉으로 보이는 모습은 슬픔일지라도, 그의 신경망은 한꺼번에 수백에서 수천 어쩌면 수만 가지의 일을 처리하고 있을 수도 있었다. 지금 이 순간 그가 처리해야 할 일이 그토록 많다면 말이다.

카이유와는 굳이 그의 슬픔을 깨고 싶지 않았다. 왜? 그가 느낀 경외심 때문에, 혹은 그에게 한 순간이나마 경외심을 느끼게 했기 때문에, 혹은….

어째서 나는 이 존재의 슬픔을 믿지 못할까?

감정을 흉내낼 뿐, 진정 알지는 못하리라는 편견을 가지고 있어서?

나 자신이 젊을 때처럼 순수하지 못해서?

그의 삶에 드리운 과거의 그림자, 그 시간들이 자신에게 다른 존재에 대한 불신을 심었는가, 아니면 애초에 자신이 의심이 많은 인간이었던 건가. 자신과 다른 존재를 있는 그대로 받아들인다는 건 얼마나 어려운 일인가.

그 어려운 걸 가능하게 하는 건 사랑뿐인지도 몰랐다. 그래서 부인들이 그의 구명에 발 벗고 나서는 것이다.

간수장의 말이 맞았다. 그는 제로델을 인간이라 여기지 않았다. 그는 제로델의 마지막 고해성사를 받는다는 명목으로 왔으나 그의 고해성사에 의미가 있으리라는 일말의 기대도 없었다. 제로델에게 종교가 있을 수 있는가? 고해성사를 듣겠다는 건 핑계에 불과했다. 그저 한 번 보고 싶어서 왔다.

카이유와는 지금 자신이 그를 내버려 두고 있는 이유 중 적어도 하나는 삶이 순간으로 이루어져 있기 때문이라는 점을 인정했다. 그가 말을 걸면 제로델은 그를 볼 것이다. 그를 다른 귀부인 대하듯 거부하진 않을 것이다. 아무런 근거 없이 카이유와는 그렇게 확신했다. 그리고 그 순간 이 마법의 시간은 사라진다. 그는 자신이 흘려버린 과거를 생각했다. 그에게는 제로델과 친분을 쌓을 기회가 있었다. 말을 걸어볼까 생각하기도 했었다. 이대로 놔두면 제로델이 진정 어떤 존재인지 알 기회가 사라졌다.

카이유와는 돌아섰다. 그는 이 길로 가드 공작을 찾아가리라 마음먹었다. 마지막까지 최선을 다해야 했다.

그때 제로델의 입이 열렸다.

"신부님Father."

제로델이 그를 부른 순간 카이유와는 마치 진짜 아들이 그를 아버지라 부른 듯한 착각에 빠졌다. 그건 그가 가장 원하는 자기 자신의 모습이었다. 모든 이들이 아버지라 부르며 기댈 수 있는 존재.

카이유와는 최대한 천천히 돌아섰고 그가 자신을 불렀다는 사실에 감명받았다는 사실을 겸허히 받아들였다. 제로델이 그를 부른 어조만이 아니라, 슬픔 속에서 빠져나와 그를 인식했다는 사실에도.

제로델은 고개를 들고 카이유와를 무례하지 않을 정도로 바라보고 있었다. 그의 눈에 서린 건 깊은 슬픔과 고독이었다.

"신부님, 종결이, 두렵습니다."

그는 한 단어씩 천천히 끊어서 말했다. 그의 목소리에는 좋은 차향처럼 은은한 여운이 있었다.

"제가 두려움 없이 끝을 맞이할 수 있도록 축복해주시겠습니까?"

카이유와는 밤중에 커튼을 흔드는 게 유령인지 귀여

운 요정인지 아니면 열린 창문틈으로 들어오는 바람인지 확인하려고 한 발 한 발 내딛던 어린 시절처럼 그에게 다가갔다.

"왜 포기하려는 건가?"

바다를 연상케 하는 진한 남빛 눈동자가 그를 응시했다.

제로델 마르 왕실 근위병 훈련대장.

카이유와는 그의 훈련대장 임명식에 의무적으로 참석했었다. 제로델은 몹시도 낭랑한 어조로 명예를 중시하며 자신에게 주어진 의무와 행성 유르베의 법을 충실히 따르겠노라 서약했다.

더 오래 전 자신이 유르베에 오기 위해 서약하던 순간이 파도처럼 밀려왔다.

— 행성 유르베의 일원으로, 유르베의 법과 질서와 문화를 존중하며….

예정된 순서처럼 다음 파도가 다음 기억을 불러왔다.

— 순결한 몸과 마음으로 신을 섬길 것이며 인간을 사

랑하고….

설마 제로델이 탈옥 계획을 모를까?

"살아가기 위한 노력을 멈춰서는 안 돼."

그 많은 죽음들….

"어째서…."

그는 행성 유르베에 온 뒤 공석에서든 사석에서든 직간접적으로 들어온 질문들, 자신의 과거, 자신의 선택에 대해 단 한 번도 답하지 않았다. 어떤 건 말로 표현할 수 없다. 어떤 건 이해를 구할 수 없다. 구하지 않는다.

이건 모두 자신의 마음의 반영인가. 파도와 바람이 만든 바위의 모양에서 사람의 얼굴과 동물을 찾는 것처럼? 인간이란 도대체 무엇인가. 무엇이 인간을 인간이게 하는가.

그가 행성 달루를 떠나면 그의 성 정체성에 대해 발설하겠다고 협박한 이는 사령관 하나가 아니었다. 사랑은 감춰지지 않았다. 그들의 관계를 눈치챈 이들이 있었다. 카이유와는 스스로를 변호하거나 거짓말하거나 상대를 설득하지 않았다. 침묵으로 무엇이든 다만 수용하겠다는 뜻을 표했다.

"맙소사…."

그는 제로델의 양 어깨를 잡았다.

"그러나 살아가야 하지 않는가…."

제로델의 아름다운 입술은 다만 맞물려 있었다. 카이유와는 그의 정수리에 손을 올렸다. 고개를 숙인 제로델은 사슬이 허용하는 한도 내에서 무릎을 꿇고 그의 축복을 받았다.

"감사합니다, 신부님."

제로델이 다시 고개를 들었을 때 카이유와는 그가 죽을 준비를 마쳤다는 것을 알았다.

예나 지금이나 그는 똑같이 무력했다.

<p>

관저에 도착한 카이유와는 정원으로 나갔다. 높이 뻗은 나뭇가지 틈으로 별빛이 쏟아졌다. 카메라의 초점을

맞추듯 30년 전 저 나무 아래 서 있던 제로델의 모습이 기억 속에서 형상을 갖춰갔다.

카이유와는 제로델에게 만나고 싶다는 편지를 보냈다. 제로델은 그의 부름에 응했다. 단정한 차림의 그에게서 죄수복을 입고 있던 모습이 겹쳤다. 갖은 장신구와 독보적인 화장술과 성형으로 아름다움이 넘치는 세계에서 단조로운 죄수복, 민낯이 준 태생적인 아름다움이 선사한 경이였다. 아름다움이란 대관절 무엇인가. 아름다운 존재에게 덧대어진 슬픔은 미인에게 걸린 장신구보다 강렬한 존재감을 만들었다.

"와주었군."

자유로운 상태에서 그를 만나 보고 싶었다. 그가 어떤 존재인지 알기 바랐다. 그러나 무슨 말을 해야 그에 대해 알 수 있을까? 애초에 몇 마디 말로 상대를 파악하는 게 가당키나 한 일인가.

불러놓고 막상 할 말을 찾지 못하는 카이유와에게 제로델이 먼저 입을 뗐다.

"떠나려고 합니다."

그의 짙푸른 눈동자에 창공의 푸르름이 담겼다.

유한한 인간. 무한한 하늘.

"유르베를 떠나려는군."

— 가지 마.

— 넌 이방인이라서 떠날 수 있는 거야! 결국 이방인이었어!

누군들 어디에서고 이방인이 아닐 수 있는가….

이번에는 남겨지는 게 그 자신일 뿐이었다.

제로델은 유르베의 시민권을 갖고 있었다. 그 시민권 어디에도 그가 로봇이라는 표기는 없었다.

혹 고장이라도 나면? 스스로 수리할 줄 아는가? 늙지 않는 그가 어떻게 사람들 속에 섞여 살 것인가? 끝없이 떠돌며?

그러나 불안과 위험이 도사리지 않는 인생이 있는가.

인류가 모험을 두려워했다면 우주로 뻗어나갈 수 있었을까.

기계 몸이라 해 영원할 수 없었다. 태양 또한 때가 오면 소멸한다.

"자넨 젊지…."

마르 박사가 제로델의 인공지능을 언제부터 구상하고 만들었는지는 알 수 없었다. 그러나 그가 신체를 가진 건 고작해야 15년이었다. 방대한 지식을 가진 존재이나 지식의 양이 인격을 결정짓지 않는다. 인격은 체험하는 삶에서 만들어진다.

일순 거세게 분 바람이 나뭇가지를 밀어내며 카이유와의 눈에 햇살이 쏘아졌다. 그는 부신 눈을 찡그렸다.

제로델은 젊었으며 살아 있었다. 다른 모든 인간처럼 유일무이한 존재였다. 생이라는 이름의 무한한 가능성. 젊음이 지닌 영롱함.

제로델의 기억 용량은 어느 정도일까? 그는 어떤 기억은 삭제할 것이다. 부분의 삭제는 전체의 삭제와 같았다. 세부는 모든 것이었다.

먼 훗날 제로델은 그를 삭제해도 카이유와는 자신에

235

게는 삶이 끝나는 날까지 이 순간이 각인되리라는 걸 인식했다. 그걸로 충분했다.

"자네를 축복하고 싶네."

사슬에 메이지 않은 제로델이 한쪽 무릎을 꿇고 고개를 숙였다. 카이유와는 그의 머리에 손을 얹었다. 그리고 생각조차 하지 않고 늘 목에 걸고 있던 묵주를 꺼내 그에게 걸어 주었다. 예기치 못한 그러나 상대의 진심이 담긴 선물을 받은 이가 그러듯 제로델의 뺨에 홍조가 떴다.

"감사합니다."

카이유와는 제로델의 모습이 완전히 사라질 때까지 제자리에 서 있었다. 그가 묵주를 받고 기뻐한 모습에 가슴이 뭉클했다. 불현듯 그에게는 아버지가 없다는 데 생각이 미쳤다. 알고 있다. 자기만족이다. 인간이다.

잠자리에 들기 전 카이유와는 늘 그러듯 그를 위한 기도를 올렸다.

작가의 말

이 글을 읽는 분 중 "어? 이 글 어디서 본 것 같은데?"라고 생각할 분이 있을지도 모르겠다. 혹 있다면, 20년 이상의 세월이 흘러 많이 달라진 이 글을 읽게 된 소수의 독자님께 감사드린다. 이전 제목을 기억하기까지 바란다면 과욕일 것 같다.

『히아킨토스』는 2003년 비상업적 웹진에 게재했던 단편 「아도니스」를 SF이자 장편으로 개작한 글이다.

그간 몇 권의 작품집을 내며 원고료를 받는 작가가 되기 이전에 썼던 글들도 묶여 나왔다. 그런데 나름 애착이 있는 글인데도 「아도니스」는 한 번도 작품집에 넣을 후보작으로 올리지 못했다. 가상의 세계를 바탕으로 해서 군이 분류하자면 판타지/환상문학에 속할 글이나 이렇다 할 환상적인 요소가 있는 글은 아니었다. 그래서인지 어째서인지 다른 글들과 어우러지지 못하고 혼자 튀었다.

구상한 글의 일부만 쓰이고, 쓰인 글의 일부만 출간되고, 출간된 글의 극히 일부만 살아남는다. 아쉽지만 어쩔 수 없는 일로 받아들이고 잊고 살았다.

재작년(22년)에 정보라 작가님이 한 프로젝트에 참여할 것을 권유했다. 기쁜 마음으로 제안을 받아들이고 이런저런 착상을 기록해 두는 폴더에 들어갔다가 「아도니스」를 발견했다. 문득 「아도니스」의 주인공 '제로델'을 휴머노이드로 해서 SF로 개작하면 어떨까 하는 생각이 떠올랐다. 그러자 「아도니스」에서 아쉬웠던 점들, 특히 제로델에 대해 미흡하게 느껴졌던 많은 부분이 해소되기 시작했다. 같은 제목을 쓰고 싶지는 않아서 『히아킨토스』로 새로 정하고 집필에 들어갔다. 세계관이 확장되고, 등장인물의 사연도 살이 붙거나 변화했다. 인간이었다가 휴머노이드가 된 제로델을 제외하고 가장 극적인 변화를 겪은 인물은 이 이야기의 진행자인 '카이유와'다. 「아도니스」에서 카이유와는 다만 청자였을 뿐, 자기 사연이 없었다.

『히아킨토스』는 새로운 설정과 이야기가 추가되며 글이 방대해졌다. 해당 기획은 200매 이내의 원고를 바랐는데 『히아킨토스』는 최소 3~400매의 양이 예측되었다. 사실 「아도니스」부터 200매가 넘는 원고였다. 거기에 여러 요소가 추가되었으니 애초에 200매 이내로 만드는 건 무리였다. 일단 착상이 떠오르자 앞뒤 가리지 않고 써버렸던 것이다. 하, 하….

해당 기획에는 200매 미만의 다른 단편을 써서 보낸 뒤 『히아킨토스』의 집필을 이어갔다. 그리고 500매가 넘는 원고로 고블 씬북을 통해 세상에 나오게 되었다.

『히아킨토스』는 연인 간의 사랑에 있어서 정신적 사랑과 육체적 사랑은 불가분의 관계라는 기조를 바탕으로 썼으나 언젠가 다른 착상이 온다면 정신적인 사랑을 소재로 한 글을 쓸 수도 있다. 사랑이란 다양하고 복잡해서 세상에 아무리 많은 이야기가 나와도 또 새로 쓸 거리가 생기니까.

『히아킨토스』를 쓰면서 『푸른 요정을 찾아서 – 인공지능과 미래인간의 조건』(신상규, 프로네시스, 웅진), 『아름다움의 과학 – 미인 불패, 새로운 권력의 발견』(울리히 렌츠 지음, 박승재 옮김, 프로네시스. 웅진), 『세상의 모든 권리 이야기 – 인간에서 동물로, 로봇에서 바위로 다양한 존재를 껴안는 새로운 시대의 권리론』(윌리엄 F. 슐츠, 수시마 라만 지음, 김학영 옮김, 시공사) 등을 읽었다.

『히아킨토스』가 더 나은 버전이라 생각하기에 「아도니스」에는 아무런 미련이 없다. 본디 더 낫게 만드는 게 아니라면 다시 쓸 이유가 없는 것이다.

『히아킨토스』가 세상에 나올 계기를 만들어준 정보라 작가님, 꼼꼼한 피드백으로 글을 돌아보게 해준 고블의 이동하 편집자님에게 감사드린다. 무턱대고 써서 원고를 투척하는 작가를 어엿비 여겨 물심양면으로 출간처를 찾아주는 그린북 에이전시의 김시형 실장님 덕에 늘 든든하다. 보고픈 임채원 매니저님과 박누리 매니저님의 그간의 노고에 깊은 감사를 표한다. 『히아킨토스』를 쓰며 잘 풀리지 않는 부분에 대해 아버지께 의견을 여쭈었다. 그 과정에서 본인이 이야기한 문장을 이 글에 넣어도 좋다고 허락해주신 아버지께 감사와 사랑을 전한다.

종교인은 아니지만 '그중의 제일은 사랑이라'라는 구절을 좋아한다.

2024년 봄

박애진